Jade

Du même auteur :

Le Dauphin Blanc

Mauvais soda

Vengeance de l'Au-Delà

Pourquoi je suis devenu Chasseurs de Fantômes

Mathias Lanuit

Jade

Policier

© 2021 Mathias Lanuit

Tous droits réservés

Les personnages et les événements décrits dans ce livre sont fictifs. Toute similarité avec des personnes réelles, vivantes ou décédées, est une coïncidence et n'est pas délibérée par l'auteur.

Aucune partie de ce livre ne peut être reproduite, stockée dans un système de récupération, ou transmise sous quelque forme que ce soit ou par quelque moyen que ce soit, électronique, technique, photocopieuse, enregistrement ou autre, sans autorisation écrite expresse de l'auteur.

Éditeur : BoD-Books on Demand
12-14 rond-point des Champs-Élysées, 75008 Paris
Impression : Books on Demand, Norderstedt, Allemagne

Concepteur de la couverture : Mathias Lanuit

ISBN : 978-2-322-26042-3

Dépôt légal : décembre 2020

Pour Maryline M. ma chroniqueuse et fan de polars

PROLOGUE

Un cri !

Jade émergea lentement du sommeil. Avait-elle rêvé ce cri ? Elle se redressa sur son séant, une mèche de cheveux roux lui cachant un œil. Elle regarda sa chambre, plongée dans la pénombre, comme si c'était la première fois qu'elle la voyait. Soudain, tout lui revint ! C'était son père qui devait avoir crié, en tombant, alors qu'il voulait sans doute aller aux toilettes. Complètement réveillée, le cœur battant à tout rompre, la jeune femme bondit hors de son lit et ouvrit la porte de sa chambre qui donnait sur le couloir et alluma. Personne ! Nulle part trace de son père. Aucune lumière ne filtrait sous la porte des toilettes, lui indiquant que personne ne s'y trouvait. Quelque part sur la droite, dans le mur d'en face, s'ouvrait un petit couloir qui donnait sur le salon. Jade s'en approcha, fouillant la pièce de ses grands yeux verts. Un rai de lune éclairait la salle de séjour d'une lumière froide, spectrale, lui donnant une atmosphère oppressante. Jade hésita un petit moment, chercha l'interrupteur à tâtons puis alluma. Elle vit le tapis persan sur lequel se trouvaient un canapé et deux fauteuils, une table basse et, posé sur un meuble faisant face au canapé, une télévision à écran plat. Une fenêtre était ouverte pour aérer la pièce chaude en cette nuit de fin d'été. Mais là aussi, nulle traces de son père. Qui pouvait avoir crié ? L'avait-elle seulement rêvée ?

Elle se dirigea vers le bureau de celui-ci et actionna la poignée. Cette dernière était verrouillée, comme d'habitude. Aucune lumière ne filtrait sous la porte, preuve qu'il n'y était pas. Il ne pouvait donc que se trouver dans sa chambre. Mais pourquoi aurait-il crié ? Et s'il était tombé du lit ? Cela était déjà arrivé. Jade ouvrit doucement la porte de la chambre de son père, silencieuse et plongée dans l'obscurité, éclairée çà et là par quelques rayons de lune.

— Papa ? chuchota-t-elle.

Elle vit la silhouette de son père, étendue sur le lit, couché sur le dos. Fausse alerte. Il dormait paisiblement. Elle referma la porte, rassurée. Son cœur, qui battait la chamade, reprit un rythme normal. Elle s'était inquiétée pour rien ! Elle se dirigea vers la cuisine ouverte sur le salon, se prépara un verre de lait qu'elle fit chauffer aux micro-ondes. Elle avait découvert qu'un verre de lait tiède favorisait le sommeil.

Jade vivait dans cette maison avec son père, quelques mois après la mort de sa mère dans un accident de voiture, quand elle avait huit ans. Bien que son père disait le contraire, sa fille pensait que c'était à cause de cette disparition que la santé de ce dernier s'était dégradée. Il ne pouvait quasiment plus marcher et avait des difficultés à ramasser des choses ou prendre des objets en hauteur. Jade était restée avec lui pour l'aider au quotidien. Mais quand elle ne pouvait être présente — le jeune femme était étudiante et allait à la fac — une dame de compagnie prenait le relais, s'occupant également de faire le ménage, les courses et la cuisine. Mais Jade essayait de rester à la maison le plus souvent possible. Bien sûr, son paternel lui disait souvent qu'elle pouvait sortir, aller s'amuser avec ses amies et qu'il pourrait se débrouiller seul, mais à chaque fois qu'elle quittait la maison quelques heures, laissant son père seul, elle avait une boule au ventre, craignant qu'il ne lui arrive quelque chose de grave pendant son absence ; elle lui téléphonait toutes les heures, pour savoir si tout allait bien. Et si, par malheur, il ne décrochait pas, elle se faisait un sang d'encre et se dépêchait pour rentrer.

Son père, Victor Niourk, était un écrivain de romans policiers, connu dans tout l'hexagone. Elle en retirait une certaine fierté, et elle était sûre que si ce dernier acceptait de faire traduire ses romans en d'autres langues, il serait connu dans le monde entier ! Celui-ci avait initié Jade au goût de l'écriture ; dès qu'elle savait écrire, il lui demandait d'imaginer une petite histoire qu'elle devait coucher sur le papier. À l'adolescence, Jade avait décidé de devenir journaliste d'investigations. Elle admirait son père, se demandant d'où ce dernier puisait son inspiration. Mais elle trouvait que le métier d'auteur était trop dur pour elle. Elle préférait écrire sur des choses qu'elle avait vues elle-même plutôt que d'inventer des histoires. Elle aimait enquêter et raconter ce qu'elle avait appris de ses enquêtes. Journaliste d'investigations lui conviendrait mieux et ça ne l'empêcherait pas d'écrire ! Son père l'avait encouragé à suivre cette voie si c'était ce qu'elle voulait. C'était une élève studieuse, même si le week-end, elle se relâchait un peu, laissant son père aux soins de la dame de compagnie, et allait voir ses amies. Bien que Jade soit séduisante, elle n'avait pas de petits copains. Pas que son père soit contre, non, mais parce qu'elle jugeait qu'elle n'avait pas de temps à consacrer à un garçon. De plus, Jade, malgré ses vingt et un ans était toujours vierge, ce qui surprenait beaucoup ses amies. Mais elle n'était pas pressée. Tout cela viendrait quand ça devrait venir. Elle se disait que pour le moment, elle avait le temps.

Tandis que le lait chauffait, Jade pensait à la rentrée de la fac qui approchait. Elle était en deuxième année de journalisme. Bientôt, il lui faudrait reprendre le chemin des cours et laisser son père de nouveau seul quelques heures. Rien que d'y penser, elle avait déjà peur pour lui. Bien sûr, Murielle, la dame de compagnie, serait là, mais elle ne restait pas à la maison en permanence. La plus grande peur de Jade était de rentrer et de trouver son père inconscient. Elle ignorait totalement ce qu'elle devrait faire dans ce cas-là. Sûrement appeler les pompiers. Ou le SAMU. C'est là qu'elle regrettait que son père refuse d'avoir une infirmière à domicile. S'il avait accepté, elle serait plus tranquille, moins inquiète pour lui. Elle n'avait personne à qui parler de ses craintes, sinon à Murielle qui tentait de la rassurer. Selon elle, son père était solide et il ne ferait pas n'importe quoi. Il était conscient que sa santé s'était dégradée. Même si Murielle avait raison, Jade craignait toujours qu'il n'arrive quelque chose à Victor un jour où personne ne serait là.

Elle se mit à penser à sa mère. Dans son souvenir, elle était gentille, douce, pleine de vie et adorait plaisanter avec sa fille ! Et une pensée lui vint alors et son cœur se remit à battre plus vite : sa mère se plaignait de temps en temps, en plaisantant, que son mari ronflait ! Et Jade l'avait remarqué à plusieurs reprises. Quand par exemple, étant petite, l'orage lui faisait peur et qu'elle avait le droit de dormir avec ses parents. Ou, après la mort de sa mère, quand elle était autorisée à partager le lit parental. Oui, son père ronflait ! Or quand elle était allée le voir dans sa chambre, tout était silencieux.

— Non ! se dit-elle. Non, non, non !

Elle se précipita vers la chambre de son père et ouvrit la porte à la volée priant pour s'être trompée. Mais non, tout était silencieux, son père ne ronflait plus ! Il ne respirait plus ! Jade alluma d'un coup et un horrible spectacle s'offrit à sa vue. Son père était allongé sur le dos, les yeux et la bouche grands ouverts, la gorge tranchée, son sang auréolant sa tête et gouttant sur le sol, formant une petite flaque d'hémoglobine.

— Non ! cria Jade en se précipitant vers le corps de son paternel. Mais elle comprit qu'il était sans doute trop tard pour le sauver. Elle tomba à genoux, sa nuisette blanche trempant dans le sang de son père qui se trouvait au sol.

— Papa, pleura-t-elle, en lui prenant la main. Réveille-toi ! S'il te plaît ! J'ai besoin de toi !

Mais elle n'obtint aucune réponse. Elle continuait à sangloter.

— Pitié, papa ! Ne me le laisse pas ! Pitié !

Soudain, elle comprit que ce dernier était vraiment mort ; elle ne put retenir ses larmes. C'était si soudain, si inattendu ! Elle se rappelait que ces derniers temps, son père était souvent dans son bureau, sans doute en train d'écrire ou de se documenter sur un nouveau roman. Il n'avait jamais rien fait de mal ! Pourquoi l'avait-on assassiné ? Car il ne faisait aucun doute que ce n'était pas son père qui s'était tranché la gorge. Ce n'était pas un suicide, sinon, elle aurait retrouvé l'arme. Et il n'aurait pas crié. Il était clair que c'était un meurtre ! Son père n'avait aucune raison de mettre fin à ses jours ! Mais maintenant, il fallait avertir la police ! Elle se précipita dans le couloir et décrocha son téléphone fixe en composant le numéro de la police.

— Police nationale, j'écoute, fit une voix à l'autre bout du fil.

— Mon père a été tué ! cria Jade. Venez vite !

— Qui est au bout du fil ?

— Je suis Jade Niourk, la fille de l'écrivain Victor Niourk ! Mon père a été tué !

— Pouvez-vous me donner votre adresse ? Nous vous envoyons directement quelqu'un ! répondit la voix.

Jade donna son adresse et raccrocha avant d'appeler Simon, son oncle, pour le tenir au courant. Ce dernier parut très choqué et promit à sa nièce de venir le plus tôt possible. Ensuite, Jade n'eut pas d'autre choix que d'attendre. Elle n'osait pas retourner dans la chambre de son père, ignorant si elle pourrait à nouveau supporter l'horrible spectacle de son corps sans perdre connaissance. C'était la première fois de sa vie qu'elle voyait un mort ! Elle n'avait jamais vu le corps de sa mère, Victor jugeant qu'à l'époque elle était trop petite. On lui avait enlevé sa mère et maintenant son père. À vingt et un ans, elle se retrouvait orpheline ! Des larmes se remirent à jaillir de ses yeux. Elle était complètement perdue. Son père, qui avait selon elle encore pas mal d'années à vivre, avait eu sa vie écourtée. Elle ne parvenait pas encore à y croire, à réaliser ! Elle ne parvenait pas à retenir ses larmes. Elle avait aimé son père et ce dernier le lui rendait bien. Qu'allait-elle devenir à présent ?

Cette nuit, le célèbre écrivain Victor Niourk était parti. La vie de Jade allait changer à jamais…

UN

Les techniciens de la police scientifique avaient investi la maison des Niourk. Selon les premières constatations, la porte n'avait pas été forcée, aussi l'assassin avait-il dû entrer par la fenêtre. Quelques hommes de la scientifique, dans leurs combinaisons blanches, prenaient la fenêtre en photo et essayaient d'y relever des empreintes. Le reste des techniciens étaient dans la chambre, à la rechercher du moindre indice que le tueur aurait pu laisser derrière lui. Le corps de Victor Niourk avait déjà été enlevé pour être emmené à la morgue pour une autopsie et des analyses toxicologiques. Dans un coin, Jade répondait à des questions d'un homme en uniforme, soutenue par son oncle Simon, qui était arrivé le premier sur les lieux. Le jeune femme était en pleurs.

— Vote père, semblait-il inquiet ou soucieux ?

— Non. Il semblait plutôt heureux. Il était en train d'écrire un nouveau livre, dit-elle dans un sanglot.

— Il écrivait sur un ordinateur ?

— Oui.

— Bien, il faudra qu'on vienne le récupérer, du moins l'unité centrale.

Jade ne répondit pas, elle hocha simplement de la tête. Le problème était que l'ordinateur de son père se trouvait dans son bureau dont la porte était verrouillée et qu'elle n'avait aucune idée d'où pouvait être la clef. Mais elle réglerait ce problème plus tard.

— Votre père, avait-il eu un rendez-vous récemment ? demanda le gardien de la paix.

— Pas à ma connaissance, mais ça m'étonnerais. Il était plutôt quelqu'un de solitaire. De très discret…

— Prenait-il des médicaments. Buvait-il ?

— Mon père n'était ni alcoolique ni drogué ! fit Jade sur la défensive.

— Jade, calme-toi, lui dit son oncle en la prenant par l'épaule. La police fait juste son travail…

La jeune femme l'avait bien compris, mais elle n'aimait pas trop les insinuations de la police. Son père, autant qu'elle s'en souvienne, n'avait jamais abusé de la bouteille ni de médicaments. Il y a un temps, il fumait la pipe, mais cela faisait longtemps qu'il prétendait avoir arrêté ; prétendait seulement, car Jade était sûre qu'il fumait parfois en cachette.

— Il fumait la pipe… répondit-elle au policier.

— Votre père, avait-il des problème d'argent ? Des dettes à rembourser ?

— Avec les avances qu'il recevait de sa maison d'édition et ses droits d'auteurs plutôt conséquents, je ne pense pas qu'il avait des problèmes financiers ! Et des dettes non plus ! Il n'empruntait jamais d'argent et ne jouait pas à des jeux d'argent.

— Bien, mais avez-vous remarqué quelque chose de spécial ?

Jade réfléchit un moment puis secoua la tête.

— Non, rien de spécial, je suis désolée.

Elle se cacha la tête dans les mains et son corps fut parcouru de sanglots.

— Pourquoi ? murmura-t-elle. Pourquoi l'avoir tué ?

— Nous ferons tout pour savoir la vérité, répondit le policier. Veuillez rester à disposition de la police au cas où nous aurions d'autres questions.

— Monsieur l'agent, ma nièce est fatiguée par ce qui vient de lui arriver. Puis-je l'emmener se reposer ?

— Je suis désolé, répondit le gardien de la paix, mais elle doit encore voir le lieutenant chargé de l'enquête…

— Mais… commença à protester Simon.

— Ça ira, oncle Simon, ça ira, répondit Jade.

La jeune femme et son oncle jetèrent un regard dans un coin du salon, où le lieutenant Richard Colt, un homme d'une quarantaine d'années au crâne rasé et son coéquipier, le lieutenant Charles Bignes, légèrement plus jeune et lunettes sur le nez, discutaient. Un petit moment, Richard observa Jade avant de reprendre sa discussion avec son collègue.

— Si tu veux, je peux essayer de faire accélérer les choses ? lui proposa son oncle.

— Ça ira, oncle Simon, ne t'en fais pas…

Jade et Simon étaient à présent seuls sur le canapé dans le salon. Toutes les lumières de la maison étaient allumées. Devant, se trouvait quelque voitures de police tous gyrophares allumé, ce qui réveilla les voisins qui, poussé par la curiosité, observaient le spectacle depuis la fenêtre de leurs chambres, mais personne ne savait qu'un meurtre avait eu lieu cette nuit. Il ne faisait nul doute que demain, la police ferait une enquête de voisinage pour savoir si quelqu'un avait vu un homme louche errer dans le quartier. Jade se renversa dans les bras de son oncle et pleura en silence. Ce dernier lui caressa affectueusement les cheveux. Il avait de la peine et comprenait la souffrance de sa nièce. Il prit son téléphone portable et appela son fils, Rémi, pour le mettre au courant, car cette nuit ce dernier était censé travailler. Il lui demanda s'il pourrait passer la voir demain dans la matinée. Ce dernier lui promit de le faire. Il demanda à son père de présenter ses condoléances à sa cousine.

Simon était le frère de Victor Niourk. Il avait eu un enfant né d'un premier mariage, mais sa femme, après avoir mis Rémi au monde, disparut sans laisse d'adresse. Le jeune garçon était donc resté avec son père. Rémi aimait beaucoup sa cousine qui était de deux ans sa cadette. Durant leur enfance, ils se voyaient pendant les vacances. Maintenant qu'ils étaient tous les deux adultes, elle à ses études et lui à son travail, ils ne se voyaient plus. Le décès de son père était pour eux une occasion de se revoir même si ce n'était pas la meilleure.

Colt regarda un instant les techniciens qui s'affairaient sur les lieux du crime comme des fourmis, en compagnie de son coéquipier. Mais Richard doutait qu'ils trouvent grand-chose. Selon lui, l'assassin avait pris toutes ses précautions pour ne pas être identifié. Il pressentait que l'enquête s'avérerait plus difficile qu'il n'y paraissait.

— Qu'en penses-tu Charles ? demanda Colt. Tu penses à un mobile ?

— Plusieurs en fait : jalousie, crime passionnel, vol qui a mal tourné, règlement de comptes, vengeance personnelle… Ou même un héritage !

— Je pense qu'on peut en écarter certains…

— À ce stade de l'enquête, tout doit être envisagé !

Colt garda un moment le silence en regardant la police scientifique qui s'affairait à relever des empreintes sur la fenêtre que Jade avait trouvée ouverte.

— Moi, je me pose quand même une autre question… reprit-il.

— Laquelle ?

— Pourquoi l'assassin n'a-t-il pas terminé le boulot en tuant mademoiselle Niourk ?

— Peut-être n'en a-t-il pas eu le temps ?

— A-t-il seulement eu le temps de partir ?

— Que voulez-vous dire ? demanda Bignes qui ne comprenait pas où son coéquipier voulait en venir.

— Mademoiselle Niourk nous a dit qu'elle a entendu un cri et qu'elle s'est directement levée. Je pense que le criminel n'a pas eu le temps de sortir. Il a dû se cacher quelque part en attendant qu'il ait le champ libre pour fuir, par exemple quand elle nous a téléphoné.

— Mais s'il a été surpris, pourquoi ne l'a-t-il pas tué elle aussi ?

— C'est là toute la question ! Peut-être ne l'intéressait-il pas ? Mais s'il ne l'a pas tué on peut déjà retirer la question d'héritage ou du vol qui a mal tourné. Penses-tu qu'il y ait un lien avec les étudiantes retrouvées mortes il y a quelques jours ?

— Non, même si le mode opératoire, la gorge tranchée, est le même, les étudiantes ont été mutilées, ce qui n'est pas le cas de notre victime. De plus c'est un homme ! Pour moi ça n'a rien à voir, dit Bignes en nettoyant ses lunettes avant de les remettre sur le nez.

Les deux officiers regardèrent à nouveau les techniciens qui remballaient leur matériel. Apparemment, ils avaient terminé leur travail. Tout ce qu'ils avaient découvert allait partir au labo de la police. Restait à savoir si ce dernier donnerait quelques pistes pour Colt et Bignes. Finalement, ces derniers se dirigèrent vers Jade qui était assise avec son oncle. Colt tendit son insigne en lui disant :

— Mademoiselle Niourk, je suis le lieutenant Richard Colt de la PJ de Marseille et voilà le lieutenant Bignes, mon associé.

La jeune femme releva les yeux.

— Je suis chargé de l'affaire. Je suis vraiment désolé pour ce qui est arrivé à votre père…

— Vous allez retrouver l'assassin n'est-ce pas ? J'ai besoin de comprendre pourquoi on a tué mon père !

— Nous allons tout mettre en œuvre pour faire la lumière sur ce meurtre. Je vous en donne ma parole. J'aurais cependant quelques dernières questions à vous poser : votre mère est morte il me semble. Votre père, comptait-il refaire sa vie avec quelqu'un ? Avait-il une ou plusieurs personnes en vue ?

— Non, je ne pense pas. Il m'en aurait parlé sinon. La mort de ma mère l'a beaucoup affecté, mais je ne pense pas qu'il comptait refaire sa vie avec qui que ce soit…

— Et votre père, donnait-il des cours d'écriture dans les prisons, les hôpitaux psychiatriques ou autre ? Ou même chez lui ?

— Non mon père ne dispensait pas ce genre de cours. Peut-être a-t-il donné une indication ou deux a des écrivains en herbe, mais il n'a jamais donné de cours.

— Y aurait-il quelque chose dont vous vous souvenez, et qui pourrait nous être utile ?

Jade ferma les yeux pour se rappeler un détail, même infime, qui pourrait aiguiller la police, mais rien ne lui revenait. Elle avait l'impression qu'on lui avait effacé tout souvenir. Elle baissa la tête déçue.

— Non, désolée, je ne vois pas…

— Si vous vous rappelez quelque chose, voici ma carte, dit Colt en tendant un carton à Jade. N'hésitez pas à m'appeler.

— Et que dois-je dire aux journalistes, s'ils m'interrogent ?

— Nous nous occuperons de cela. Refusez toute interview.

Les deux lieutenants s'apprêtèrent à tourner les talons.

— Attendez ! s'écria Simon. Vous pouvez au moins nous dire ce que vous avez découvert ?

— Eh bien, voilà, reprit Colt. Je pense que l'assassin n'est pas parti tout de suite. Il a attendu que mademoiselle Niourk trouve son père ou nous appelle pour fuir.

— Et pourquoi ne l'a-t-il pas tué ?

— Nous l'ignorons. Mademoiselle Niourk, nous allons laisser quelques hommes autours de votre maison dans l'éventualité où l'assassin reviendrait pour terminer le travail.

À ces mots, Jade frissonna. Elle ne se sentait plus en sécurité nulle part.

— Oncle Simon ? commença-t-elle.

— Ne t'en fait pas, ma chérie, je vais rester ici, la rassura son oncle.

Il raccompagna les deux agents jusqu'à la porte. Ils s'arrêtèrent et regardèrent les lumières aux fenêtres des maisons voisines. Leur présence avait été signalée dans tous le quartier !

— Pauvre fille, dit Bignes, orpheline alors qu'elle vient tout juste d'entrer dans l'âge adulte…

— Il faut retrouver ce salopard, murmura Colt pour lui-même…

DEUX

Aussitôt Richard Colt et son collègue partis, Simon emmena Jade dans sa chambre pour qu'elle puisse s'allonger. Tandis qu'elle était couchée, les larmes plein les yeux, son oncle lui caressait les cheveux.

— Je ne comprends pas, ne cessait-elle de répéter. Je ne comprends pas…

— Laisse la police faire la lumière sur cette affaire. Ils savent ce qu'ils font…

— Mais j'aurais dû voir qu'il y avait un problème !

— Tu sais, je pense que même ton père ne savait pas qu'il allait être assassiné.

— Et si j'avais directement allumé dans la chambre, peut-être aurais-je pu le sauver ?

— Cesse de t'en vouloir, ce n'est pas bon…

Jade garda le silence un petit moment puis reprit :

— Mais pourquoi l'avoir tué ? Il n'avait rien fait !

— Tu sais, Jade, cette mort m'attriste autant que toi. Mais je fais confiance à la police pour résoudre ce crime.

— Je n'ai plus que vous deux à présent. Toi et Rémi…

— Nous serons toujours là pour te soutenir.

— Pourquoi Rémi n'est-il pas là ?

— Il travaille. Mais il viendra te voir demain matin. Il m'a chargé de te présenter ses condoléances.

Jade garda à nouveau le silence. Elle essayait de comprendre pourquoi on avait tué son paternel. Ce n'était pas logique ! Ce dernier avait dû faire quelque chose qui n'avait pas plu à quelqu'un, mais elle n'arrivait pas à savoir quoi. A moins que cela soit un meurtre gratuit, mais la jeune femme en doutait. Pour elle, les réponses à ses interrogations se trouvaient dans le bureau de son père. Cela ne faisait aucun doute. Elle décida d'y jeter un coup d'œil demain. Elle ignorait où se trouvait la clef, mais elle se débrouillerait. Peut-être que Murielle, la dame de compagnie de son père, le savait ? Elle lui demanderait.

— Demain, je vais… commença Jade. Puis elle se tut.

— Tu vas quoi ? demanda son oncle.

Jade hésita. Elle ne voulait rien dire à son oncle pour l'instant. Elle ne voulait pas lui donner de faux espoirs en lui disant que les clefs de l'énigme se trouvaient peut-être dans le bureau de son père alors qu'elle n'y était jamais allée. Peut-être ne trouverait-elle rien ?

— Non, rien, dit-elle. Je pensais à autre chose…

Son oncle n'insista pas.

— Écoute, oncle Simon, et si je menais une enquête de mon côté ? Qu'en penses-tu ?

Celui-ci faillit s'étrangler en entendant ça.

— Pas question ! dit-il. C'est le travail de la police !

— Mais je sais peut-être des choses que la police ne sait pas ! Et…

— Jade, j'ai dit non ! Ça peut être très dangereux !

Jade ne s'était pas attendue à cette réaction. Son oncle, d'habitude si gentil et attentionné, n'approuvait pas son projet. C'était la première fois qu'elle le voyait aussi énervé. Elle en fut étonnée.

— J'ai perdu mon frère, je ne veux pas te perdre aussi, finit-il.

— Je comprends, répondit Jade.

Son oncle avait peut-être raison. Son père avait quand même été tué donc oui, c'était dangereux. Mais d'un autre côté, elle pensait pouvoir avancer dans l'enquête plus rapidement que la police. Il lui suffisait de rester prudente. Elle hésitait. Peut-être en ne menant pas d'enquêtes pour l'instant, mais se renseigner quand même par ses propres moyens ? Oui, c'est ce qu'elle ferait, mais elle décida de cacher cette décision à son oncle, de peur qu'il ne réagisse à nouveau mal. Son oncle reprit :

— Tu sais, pourquoi ne viendrais-tu pas vivre chez nous ?

La question désarçonna Jade. Elle ne s'était pas du tout attendue à ce que son oncle l'invite chez lui. Ce n'était jamais arrivé ! Jamais elle n'avait été invitée à dormir chez lui. Cela arrivait qu'elle passe la journée ou une soirée chez lui avec son père, quand elle était jeune, mais jamais à dormir. C'était plutôt son cousin qui venait dormir chez elle.

— Tu devrais y réfléchir, reprit Simon. Ce n'est pas bon de rester toute seule à déprimer.

— Tu as peur que je fasse une connerie ?

— Non, je te connais, tu es une battante. Mais chez nous, Rémi et moi, pourrions nous occuper de te remonter le moral. Juste pour quelques jours…

Jade médita un instant la question. Il est clair que chez son oncle elle n'aurait à s'occuper de rien. Mais elle ne pouvait pas partir ce soir pour deux raisons ; la première était que Murielle devait passer demain. Si elle trouvait porte close ne risquerait-elle pas de s'inquiéter pour rien ? Et deuxièmement, la police devait repasser pour prendre l'ordinateur de son père.

— Je ne peux pas y aller ce soir, dit-elle. Murielle doit passer demain. Et la police doit venir aussi, mais j'ignore quand…

La jeune femme se tut de nouveau. Elle voulait aussi rester pour une autre raison. Fouiller le bureau de son père et trouver des renseignements supplémentaires pour comprendre ; et tout cela, elle ne le trouverait qu'ici ! Elle aurait pu, bien sûr, faire l'inverse et proposer à Rémi ou son oncle de vivre ici un petit moment, mais Jade préférait rester seule pour faire ses recherches. Si Simon restait ici, il l'empêcherait de faire ce qu'elle avait prévu. Non, pour le moment, elle devait rester ici !

— Je préfère rester ici, dit Jade.

— Pour le moment, je comprends, fit Simon. Mais quand la police sera passée ?

— Je vais y réfléchir, répondit Jade, même si sa décision de rester chez elle était déjà prise.

— Non, insista son oncle. Tu viendras et c'est tout !

— Mais tu n'es pas mon père ! s'emporta Jade. Tu n'as rien à m'ordonner ! Et si tu insistes encore, je ne viendrais pas du tout !

— Mais je ne te comprends pas ! Pourquoi ne veux-tu pas venir ?

Jade ne sut quoi répondre. Elle ne pouvait pas dire la vérité à son oncle, craignant qu'il ne s'énerve à nouveau.

— C'est comme ça, dit-elle. J'ai besoin de reste ici.

— Je ne veux pas que tu restes seule.

— Je ne serai pas seule ! Murielle passe tous les deux jours !

À ce moment-là, ce fut son oncle qui ne sut quoi répondre. Jade avait raison. Murielle lui tiendrait aussi de la compagnie. Ce n'était pas un membre de la famille à proprement parler, mais Jade connaissait cette femme depuis plusieurs années et était devenue sa confidente. Elles s'appréciaient beaucoup. Peut-être était-ce mieux pour elle de reste ici après tout et puis n'était-ce pas ce qu'elle souhaitait pour le moment ? Qu'elle fasse son deuil tranquillement ? Mais étant donné que toutes ces affaires lui rappelleraient son père, y parviendrait-elle ? Simon n'en était pas sûr.

— Réfléchis-y quand même, dit-il simplement.

La jeune femme ne répondit pas. Elle n'arrivait pas à croire que son père avait disparu. Elle mettrait sans doute du temps à assimiler cette information. Mais surtout elle ne comprenait pas qui pouvait en vouloir à son père au point de le tuer. Elle ne lui connaissait aucun ennemi ! Des auteurs jaloux, il devait y en avoir plusieurs, mais pas jaloux au point de le supprimer ! Son oncle dut remarquer qu'elle se posait des questions sur la raison de l'assassinat, car il dit :

— Jade, laisse la police faire son travail !

Bon sang ! La police ! Il n'avait que ce mot-là à la bouche ! Jade ne put résister et cria :

— Mais j'emmerde la police ! Elle va mettre des mois à résoudre cette enquête. Et moi ? Je reste les bras croisés ?

— Jade ! Ne me redis pas que tu veux faire ton enquête ? demanda son oncle, qui recommençait à devenir nerveux.

— Je ferais ce que je veux ! cria-t-elle. Et puis, si tu ne me soutiens pas, tu n'as rien à faire ici. Va-t'en !

Simon fut frappé par la réplique cinglante de sa nièce. Elle voulait que ce dernier s'en aille ! Il n'en revenait pas. Il répondit simplement :

— Je t'ai promis de rester ici jusqu'à demain !

— Je te libère de ta promesse. Je n'ai pas besoin de toi, la police me surveille déjà ! répondit Jade toujours énervée.

— Jade…

— Va-t'en ! J'ai besoin de rester seule. Pour réfléchir. Assimiler !

Simon resta quelque instant à regarder sa nièce. Celle dernière ne pleurait plus. Elle se mura dans un silence, assise dans son lit, contre son sommier, les genoux repliés sur la poitrine.

— Très bien, répondit Simon. Appelle-moi si besoin…

Jade ne bougea pas. Son once quitta sa chambre. Quelques minutes plus tard, elle entendit la voiture de ce dernier démarrer et quitter le quartier. Jade resta immobile. Le silence lui faisait du bien. Son oncle ne semblait pas comprendre qu'elle avait besoin de réponses pour assimiler la mort de son parent. Tant qu'elle ne saurait pas, elle ne pourrait pas faire son deuil ! Mais elle continuait à méditer les paroles de son oncle : mener une enquête était le travail de sa police. Il s'agissait d'un meurtre, cela était dangereux. Elle ne savait que faire. Pour l'instant, elle décida de vérifier, demain, le bureau de son père. Pour commencer. Et vérifier ce qu'il y avait dans son ordinateur avant que la police ne l'embarque. Les forces de l'ordre avaient déjà prisent le téléphone portable de son père pour l'analyser. Il ne restait donc plus que l'ordinateur de ce dernier pour découvrir des choses qu'elle ignorait. Ensuite, une fois que ce serait fait, eh bien ! elle aviserait. Elle s'allongea, ferma les yeux, et essaya de dormir. Mais le sommeil ne venait pas. Ce n'était pas surprenant, étant donné qu'elle venait de vivre la disparition de son père ! Elle eut beau tourner dans un sens et se retourner dans l'autre, elle n'arrivait pas à s'endormir. D'innombrables pensées et questions inondaient sa mémoire. Finalement, à bout de nerfs, elle se résolut à prendre exceptionnellement les somnifères que prenait son père. Mais elle se promit que c'était juste pour cette nuit, pour pouvoir dormir un peu. Mais même les comprimés n'eurent pas l'effet escompté. Elle ne parvenait toujours pas à dormir ! Elle était bien partie pour passer une nuit blanche ! Finalement, elle alla dans le salon et alluma la télévision pour se changer les idées. Mais aucun programme ne l'intéressait. Elle finit par somnoler, son sommeil peuplé de rêves effroyables où elle voyait son père se faire assassiner sous ses yeux. Elle se réveillait en sursaut, ruisselante de sueur, les yeux mouillés de larmes. Peu à peu, elle assimilait que plus jamais elle ne reverrait son père vivant.

TROIS

Le lendemain, Jade fut surprise de se réveiller sur le canapé devant la télévision allumée. Elle s'était endormie sans s'en rendre compte. Mais elle se rappelait ses rêves horribles. Et la triste réalité lui revint. Son père avait été assassiné hier dans la nuit. Elle se leva et alla se préparer une tasse de café. D'habitude, elle se préparait aussi des œufs brouillés avec du bacon quand il y en avait dans le réfrigérateur, mais ce matin elle n'avait pas d'appétit. Elle se rappela qu'elle devait recevoir la visite de Rémi. Elle fila donc prendre une douche et mettre des vêtements propres. Ce n'était pas parce que son père était mort qu'il fallait qu'elle se néglige, bien qu'en ce moment, elle n'avait plus goût à rien. Mais ce dernier n'aurait pas voulu qu'elle se laisse aller. À neuf heures, on sonna à la porte. Ce devait être son cousin. Elle alla ouvrir.

Sur le perron se tenait son cousin. Grand, mince, une casquette vissée sur la tête, celui-ci sourit en la voyant et lui lança un :

— Salut, couz !

Ils se firent la bise et Rémi entra et s'affala sur un fauteuil avant même que Jade ne l'invite à s'asseoir.

— Alors, couz, comment ça va ?

— Pas très bien, comme tu l'imagines.

— Je suis désolé pour ton père ; il va me manquer. Il était toujours sympa avec moi !

— Oui, c'était quelqu'un de bien.

— Tu sais, je suis désolé de pas être venu hier soir, mais je travaillais. Et je veux pas perdre ce job !

— Tu fais quoi comme travail pour bosser la nuit ?

— D'habitude, je travaille comme magasinier le jour. Mais là, j'étais de garde pour la nuit. Et il y a eu un appel. Donc voilà…

— Ah d'accord. T'inquiètes, t'es excusé.

Ils gardèrent le silence un petit moment avant que Rémi ne reprenne :

— Tu aurais un truc à boire ? J'ai soif !

— Bien sûr ! s'exclama Jade. J'ai complètement oublié de te proposer à boire, excuse-moi. Tu veux quoi ?

— Une bière, si tu as.

Jade disparut dans la cuisine et revint avec deux bières. Elle n'amena pas de verres, elle et son cousin étant habitués à boire directement au goulot. Elle se rassit et but une gorgée de bière.

— Tu te souviens quand nous étions petits et qu'on faisait des pâtés de sable dans le jardin ?

— Bien sûr, répondit Jade.

— Et tu te rappelles qu'une fois nous avions mis de la boue partout sur le muret du jardin de devant. Ton père était furax !

— Oui, je m'en rappelle, dit Jade dans un sourire.

— Je suis heureux de te voir sourire, couz ! Ça doit pas être facile pour toi…

Un nouveau silence se fit. Puis Jade dit :

— Au fait, tu m'excuseras auprès de ton père pour hier. J'étais sous le choc et…

— T'inquiètes c'est déjà oublié… Mon père l'avait bien compris.

— Il t'en a parlé ?

— Un peu oui. Mais il t'en veut pas.

Jade craignit que Rémi ne l'invite à son tour à venir habiter chez eux, mais il n'en fit rien. Du moins, pour l'instant, il n'avait rien dit. Cela la rassura un peu.

— Que vas-tu faire de la maison, à présent ? demanda-t-il.

— Je n'en sais rien. Il faut que je trie et range les affaires de mon père et ensuite, je pense la vendre pour me prendre un petit appart près de la fac.

Elle ne lui dit pas que si elle restait à la maison c'était aussi pour trouver des renseignements sur la mort de son père par elle-même. Elle avait peur que son cousin ne réagisse comme son oncle. Et en s'y mettant à deux, ils étaient tout à fait capables de la dissuader, surtout que Rémi le dirait sans doute à son père. Il était incapable de tenir sa langue ! Elle préféra donc ne rien dire de son projet ; du moins, pour le moment.

— Et tu vas faire quoi de la dame de compagnie ?

— Pour l'instant, je vais la garder. J'ai trop besoin de Murielle. Après, et bien si je vends la maison je devrai bien de m'en séparer. Mais ce n'est pas d'actualité.

Elle se doutait bien que quand elle dirait à Murielle qu'elle vendrait la maison, celle-ci serait sous le choc. Mais elle faisait bien son travail et Jade ne doutait pas qu'elle retrouve un nouveau poste rapidement. En même temps, ça lui faisait mal de se séparer d'une confidente. Peut-être pourraient-elles rester en contact ? Il faudrait bien qu'elle lui parle de sa décision de vendre la maison un jour ou l'autre. Mais elle jugea que le plus tard serait le mieux. En attendant, le temps de ses recherches, elle resterait à la maison, et garderait Murielle. Mais elle ignorait combien de temps cela lui prendrait. Perdue dans ses pensées, elle ne remarqua pas qu'un silence s'était installé entre elle et Rémi. Ce dernier ne semblait pas s'en être rendu compte non plus, sirotant tranquillement sa bière. Elle regarda son cousin, l'air gêné. Puis elle lui demanda pour briser le silence :

— Comment va ta copine ?

Jade savait que depuis tout jeune, son cousin ne faisait plus confiance aux filles, après un malheureux incident qu'il avait connu avec une ado qui lui plaisait. Alors quand celui-ci avait annoncé, quelques mois plus tôt, qu'il voyait une fille, Jade fut surprise, mais s'était en même temps réjouie pour lui ; il recommençait enfin à retrouver confiance en elles ! Cela faisait presque deux mois qu'ils ne s'étaient plus vus et il n'avait plus donné de nouvelles de sa copine.

— Oh, je l'ai quittée, dit-il. J'en suis déjà à ma troisième !

— Troisième quoi ? demanda la jeune femme surprise.

— Petite copine !

— Ah, fit Jade qui espérait que son cousin ne deviendrait pas un homme qui changerait de copines comme de chaussette. Dis donc, tu les enchaînes !

— Tu sais, fit-il, il y a tellement de filles…

Jade ne comprit pas vraiment ce que son cousin voulait dire.

— Et tu n'as pas peur qu'elles disent des crasses sur toi ? Étant donné que c'est toi qui les as quittés, elles peuvent décider de se venger…

— Non, elles le feront pas. J'ai parlé avec elles…

Cela n'étonna pas Jade. Son cousin était très susceptible et ne supportait pas qu'on rapporte des ragots à son sujet. Surtout s'ils étaient, selon lui, faux et non justifiés. Son cousin n'était pas connu pour être violent, mais savait se montrer très persuasif. Qu'il ait réussi à convaincre les filles de ne rien dire à son sujet n'étonnait pas Jade même si, selon elle, ça n'avait pas dû être facile ! Rémi regarda sa cousine un petit moment puis reprit :

— Bon, couz, va falloir que j'y aille. Ma cop m'attend justement !

Jade eut un peu de peine que son cousin décide de partir aussi vite, mais elle ne trouva aucune nouvelle question à lui poser pour le retenir. De toute façon, Murielle n'allait pas tarder à arriver. Elle raccompagna le jeune homme jusqu'à la porte, ils se firent à nouveau la bise et Jade regarda son cousin enfourcher sa moto et disparaître au coin de la rue. Elle rentra dans la maison et se mit à réfléchir ; elle avait décidé de trouver des renseignements sur l'assassinat de son père par elle-même. Et pour elle, il était évident qu'elle trouverait des réponses dans son bureau. Elle retourna devant la porte de celui-ci et poussa un peu plus fort sur le battant. Peut-être était-il coincé ? Mais celui-ci résista. Aucun doute, la porte était fermée à clef. Jade n'avait jamais eu l'autorisation d'y pénétrer, que Victor s'y trouve ou non. C'était son antre, son endroit secret où il réfléchissait à de nouveaux romans policiers et faisait des recherches pour les rendre réalistes. Ces deniers temps il y était souvent, sans doute avait-il eu une nouvelle idée ? Et peut-être que cette idée avait un lien avec le meurtre ? De plus, elle devait trouver la clef pour que la police puisse revenir chercher l'unité centrale de son ordinateur. Mais où pouvait bien se trouver cette clef ?

Elle eut beau se creuser la tête, elle ne voyait pas où elle pouvait être. Et la maison était grande et ne manquait pas de cachettes. Cependant, Murielle, qui était chargée de faire le ménage dans cette pièce de temps en temps, devait le savoir. Jade décida d'attendre cette dernière pour lui demander ; mais elle fouilla quand même quelques tiroirs dans le salon, mais sans trouver ce qu'elle cherchait. Apparemment, son père avait mis beaucoup d'acharnements à empêcher sa fille d'y entrer. Pourquoi ? Quels secrets cachait cette mystérieuse pièce ?

— Et puis flûte, se dit-elle. J'attendrais Murielle.

En passant devant la chambre de son père, dont la porte était restée ouverte depuis hier soir, après sa découverte, elle vit le lit défait. La police avait emporté les draps tachés de sang, mais n'avait pas posé de scellés sur la porte. Jade aurait bien voulu la remettre en ordre, mais elle n'osait pas entrer. Elle avait peur de revoir le cadavre de son père. Tant pis ! Elle demanderait à la dame de compagnie de le faire ! Elle commença à aller et venir dans le salon, attendant la venue de Murielle, comme un lion en cage attendant la venue de son soigneur. Elle était impatiente de visiter le bureau de son père, convaincue d'y trouver quelque chose que même la police ignorait ! À dix heures, on sonna à la porte. À voir l'imposante silhouette qui se tenait sur le palier, à travers la vitre dépolie de la porte d'entrée, on pouvait deviner que c'était Murielle, qui avait un léger problème d'embonpoint. Jade se dépêcha d'aller lui ouvrir…

QUATRE

Murielle était une femme d'une quarantaine d'années, blonde. Quand Jade ouvrit, celle-ci lui dit :

— Je suis désolée de ce qui est arrivé à votre père, mademoiselle. Peut-être devrais-je repasser plus tard ?

Jade se demandait comment Murielle était au courant de la mort de son père. Cet incident avait eu lieu hier soir. Les médias étaient-ils déjà au courant ? Elle jeta un œil derrière Murielle pour voir si la presse n'était pas déjà en train d'encercler la maison. Mais elle ne vit personne. Mais ce n'était sans doute qu'une question de temps. Une fois que la police aurait fait son intervention devant les médias, ceux-ci ne tarderaient pas à accourir ici. Peut-être aurait-elle dû accepter l'invitation de son oncle ; elle y aurait été plus tranquille, mais elle n'aurait pu trouver de réponses à ses questions là-bas. De plus, elle ne pouvait quitter la maison avant que la police ne soit venue récupérer l'ordinateur de son père. Non ! Rester ici avait été la meilleure décision ! Cependant si elle ne trouvait vraiment rien, alors peut-être accepterait-elle l'invitation de son oncle pour être plus tranquille ? Pour rester à disposition de la police, il lui suffisait de leur indiquer qu'il la trouverait là-bas en cas de besoin. Mais bon, rien n'était encore sûr. Pour le moment, elle avait choisi de rester ici ! De plus, si elle partait chez son oncle, ne donnerait-elle pas à la police l'impression de vouloir fuir ? Ou bien la police comprendrait-elle que Jade veuille quitter l'endroit où tout lui rappelait son père ? Elle répondit à Murielle :

— Non, c'est très bien que vous soyez là. Entrez !

Murielle pénétra timidement dans la maison, comme si c'était la première fois qu'elle y entrait. Puis elle disparut dans la cuisine pour se changer. Une fois prête, elle demanda ce qu'elle devait faire aujourd'hui.

— J'aimerais que vous fassiez le ménage dans le salon et aussi dans la chambre de mon père. Et que vous fassiez aussi le lit.

— Dois-je aussi vous préparer quelque chose à manger pour midi ?

— Vous savez Murielle, je n'ai pas très faim. Je ne pense pas que ce soit utile.

Celle-ci se mit au travail sans discuter en commençant par nettoyer le salon. Jade se retira dans sa chambre et s'assit sur son lit. Elle se demandait comment aborder la question de la clef du bureau ? Murielle savait que la jeune femme n'avait pas le droit d'y pénétrer ; son père le lui avait dit. Accepterait-elle, puisqu'il était mort, de la lui donner ? Une autre question lui taraudait l'esprit : comment Murielle savait-elle pour la mort de Victor ? Elle décida de lui demander.

— Murielle, fit-elle, comment savez-vous que mon père était mort ?

— Avant que je vienne ici, j'ai été convoquée par la police qui m'a appris la mort de votre père et posé plusieurs questions.

— D'accord.

Tout s'éclaircissait. La police avait dû trouver le numéro de téléphone de Murielle dans le portable de son père et l'avait interrogée. Bon, les forces de l'ordre faisaient leur travail, c'était déjà ça ! Mais ça ne l'empêcherait pas de chercher des renseignements de son côté. En commençant par son bureau ! Murielle se dirigeait vers la chambre de Victor quand Jade lui demanda encore :

— Dites-moi, vous savez où sont les clefs de son bureau ? Je dois trier les affaires de mon père à présent qu'il est mort, mentit-elle.

— Je ne sais pas si… commença Murielle.

— Il me les faut, continua Jade. La police doit passer pour récupérer son unité centrale.

Ces derniers mots achevèrent de convaincre la dame de compagnie de lui donner les clefs.

— Attendez, dit-elle. Généralement, il les mettait dans le tiroir de sa table de nuit…

C'était une bonne cachette. Simple et efficace. Jade n'aurait jamais pensé à fouiller la table de nuit de son père. La femme de ménage ouvrit le tiroir, y plongea la main et en sortit la clef qu'elle tendit à Jade.

— Merci, dit celle-ci en prenant la clef.

Elle se dirigea ensuite vers la porte du bureau. Elle hésita. En entrant dans cette pièce, n'allait-elle pas violer l'intimité de son père ? Il avait beau être mort, la question effleura quand même l'esprit de Jade ; elle n'avait jamais eu le droit de pénétrer ici, avait-elle le droit maintenant ? D'un autre côté, elle était persuadée de trouver des réponses à ses questions à l'intérieur. Elle hésitait. Sa décision d'y entrer s'effritait, alors qu'elle était si sûre d'elle au départ ! Elle ne trouvait pas cela correct d'y entrer en profitant de la mort de son père. Elle ne sut que faire. Finalement, elle murmura :

— Pardonne-moi papa…

Et elle enfonça la clef dans la serrure d'un geste résolu. Un petit déclic lui indiqua que la porte était déverrouillée. Elle l'ouvrit d'un coup. De la pièce plongée dans l'obscurité, une odeur de poussière, de tabac froid et de café lui assaillirent les narines ; ainsi ce dernier se réfugiait ici pour fumer. Il était incorrigible ! La pièce étant plongée dans le noir, Jade n'y voyait pas grand-chose. Elle chercha à tâtons l'interrupteur, le trouva et l'actionna. Deux lumières encastrées dans le mur éclairèrent la pièce, et les bibliothèques présentes dans la salle. Jade y entra résolument puis referma la porte derrière elle. Elle se trouvait à présent dans l'antre de son père. Qu'allait-elle y découvrir ? Des yeux, elle fit le tour de la pièce.

CINQ

Dans la pièce se dégageait une atmosphère oppressante. Comme si une entité malveillante régnait sur les lieux ; était-ce dû à sa petite taille ou le fait qu'elle ait été plongée dans l'obscurité ? Ainsi, c'est là que travaillait son père. En face d'elle se dressait une bibliothèque en bois d'ébène, remplie de livres tels que guides touristiques, encyclopédies et dictionnaires, livres parlant de différents villes et pays avec de nombreuses photographies en couleurs. C'étaient ces ouvrages qu'utilisait son père pour faire des recherches et rendre ses romans plus réalistes. Derrière elle, une autre bibliothèque, toute semblable à la première avec, cette fois, les différents romans de son père qui avaient été publiés et des rangées de carnets noirs dans lesquels il prenait des notes pour ses livres. Jade en prit un au hasard. Sur la couverture, une étiquette indiquait 2005. Elle le feuilleta ; elle y retrouva le titre du roman, un synopsis et quelques notes sur les personnages, les endroits, quelques brouillons de passages… elle le rangea et s'intéressa au bureau lui aussi en bois d'ébène, placé contre l'unique fenêtre de la pièce dont les volets étaient fermés. Quand son père était présent dans la pièce, les ouvrait-il ?

Sur la table, en plus de l'écran d'ordinateur se trouvait une lampe de bureau, un pot de conserves reconverti en pot à crayons, deux figurines en porcelaine, l'une représentant un cheval au galop et l'autre une licorne se cabrant — son père adorait ces animaux — et une photo d'elle et sa mère prise peu avant son décès. Jade remarqua aussi que le bureau possédait deux tiroirs un grand et un petit, mais elle décida de voir cela plus tard. Elle prit la chaise et s'installa devant l'ordinateur qu'elle alluma. Selon elle, c'était là qu'elle trouverait un début d'informations. Un petit bip se fit entendre et l'écran s'illumina.

Jade s'attendait à atterrir directement sur le plan de travail de l'ordinateur, mais celui-ci demandait un mot de passe. Elle réfléchit un petit moment puis tapa le prénom de sa mère : Lucie. Mauvais mot de passe ! Évidemment ce serait trop simple ! Elle tapa Jade, sans trop y croire, mais cette fois le plan de travail apparut. En l'examinant, elle remarqua deux dossiers. « Romans publiés » et « Romans en cours ». Elle cliqua sur « Romans publiés ». Elle vit alors tous les manuscrits que son père avait écrits et remarqua que quelques-uns n'avaient pas été édités. Soit qu'il n'en avait pas eu le temps, soit qu'il ne souhaitait pas les rendre publics. À moins qu'ils n'aient été refusés par la maison d'édition ? Elle cliqua ensuite sur « Romans en cours ». Et là, surprise ! Le dernier manuscrit créé par son père datait de trois mois ! Pourquoi alors, s'enfermait-il si souvent dans son bureau, ces derniers mois, si ce n'était pas pour écrire ? Il ne venait sûrement pas que pour fumer étant donné qu'il y restait plusieurs heures ? Décidément, elle avait trouvé de nouvelles questions et aucune réponse ! Mais elle ne désespéra pas et continua ses recherches. Elle se dit qu'en continuant à fouiller son ordinateur, elle finirait bien par trouver quelque chose d'intéressant !

Mais elle ne trouva pas qui avait tué son père et pourquoi ? Déçue, elle décida, à tout hasard, d'aller voir son agenda électronique. Elle l'ouvrit et là, nouvelle surprise ! Son père avait bien eu un rendez-vous comme le pensait la police, un jour où elle était absente. Il était marqué 15 h 30, M. Baumont. Qui pouvait être cet homme et que s'étaient-ils dit ? Et si c'était lui le meurtrier ? Devait-elle mettre la police au courant ? Pas de précipitation ! D'abord, savoir de qui il s'agissait. Elle cliqua sur le nom de l'inconnu. À ce moment-là, son numéro de téléphone s'afficha ainsi que son nom complet : Michel. Elle griffonna le numéro de téléphone sur un papier en vue d'appeler cet individu et de l'interroger. Du moins, essayer. Et si cela ne donnait rien, elle appellerait la police. Elle tapa le nom dans un moteur de recherches et eut un résultat sur Facebook. Elle alla voir. Il s'agissait d'un jeune homme d'une trentaine d'années, plutôt quelconque, qui avait pour ambition d'écrire des romans policiers et de faire carrière en tant qu'auteur à succès ; comme son père ! Était-il possible qu'il s'agisse de lui que son père avait rencontré ? S'était-il disputé avec lui ? Car c'était un possible rival ! Elle regarda son adresse. Il habitait la ville à côté ! Oui, ce pouvait très bien être cette personne que Victor avait rencontrée. Elle décida d'en avoir le cœur net plus tard, quand elle lui téléphonerait. Elle verrait bien si cette personne était prête à tuer son père pour éliminer un concurrent sérieux ! Elle se demandait cependant, pourquoi son père ne lui avait pas parlé de ce rendez-vous ? Pour ne pas l'inquiéter ? Ne rien lui dire pour ne pas la mettre en danger elle aussi ? Pourtant, ces derniers jours Victor ne semblait pas nerveux ni inquiet ! Il y avait quelque chose qui ne collait pas ! Mais elle le reconnut bien là ; il adorait s'entourer de secrets ! Une fois qu'elle eut terminé d'inspecter l'ordinateur, elle l'éteignit et décida de vérifier les tiroirs.

Elle observa les deux tiroirs. Elle était sûre que dans l'un d'eux elle aurait des réponses. Elle actionna le plus petit. À l'intérieur se trouvait tout un bric-à-brac d'objets ; une trousse avec plusieurs stylos, une gomme, un taille crayon, une agrafeuse, des cartouches d'encre, une paire de ciseaux, des trombones… Il y avait aussi une paire de lunettes et, plus étrange, une boussole. Bref, du matériel de bureau ! Même pas une clef USB ou un disque dur externe contenant des révélations ! Jade grogna de dépit ; rien de ce qui s'y trouvait ne lui apporterait de réponses. Peut-être aurait-elle plus de chance avec le second tiroir ?

Elle se mit à sa hauteur et l'observa. C'était le plus grand. Elle l'actionna, mais ce dernier ne bougea pas. Il devait être coincé. Elle le tira plus fort, mais il ne bougea toujours pas. Elle regarda ce qui le bloquait est c'est alors qu'elle vit que ce dernier possédait une petite serrure. Il était verrouillé ! Mais pourquoi ? Que pouvait-il contenir ? Où était la clef ? Toutes ces questions se bousculaient dans sa tête. Mais une chose était sûre : si son père avait verrouillé le tiroir, c'est qu'il contenait quelque chose d'important et qu'il ne voulait pas qu'elle sache. Mais quoi ?

Elle se demanda comment ouvrir le tiroir sans la clef. Elle savait que, même avec un pied-de-biche, elle n'aurait pas la force nécessaire. Non, il lui fallait la clef. Mais où pouvait-elle être ? Elle fouilla minutieusement dans le premier tiroir. Elle ne la trouva pas ! Bordel, où était-elle ? Peut-être que Murielle le savait ? Il faudra qu'elle pense à le lui demander. Elle se posait aussi la question de ce que pouvait contenir ce tiroir. Une clef USB, un disque dur externe ? Ou autre chose ? Pourquoi son père ne voulait-il pas qu'elle sache quelque chose ? Ils s'étaient pourtant promis de n'avoir aucun secret l'un pour l'autre ! Mais apparemment, lui n'avait pas rempli sa part du contrat ! Elle lui en voulut un peu.

— Papa ! Que me caches-tu ? demanda-t-elle.

Elle ne savait où chercher. Où pouvait se trouver cette clef ? Se trouvait-elle seulement dans le bureau ? Murielle le savait-elle ? Elle était persuadée que les réponses à toutes ses interrogations se trouvaient ici. Peut-être son père avait-il laissé une lettre où il expliquait qu'il avait des soucis et que quelqu'un le menaçait ? Ainsi, elle aurait peut-être le nom de l'assassin ? Elle essaya à nouveau d'ouvrir le tiroir, mais ce dernier ne bougea pas d'un pouce ! Elle sentit la rage monter en elle, mais que pouvait-elle faire ?

— Putain, papa ! cria-t-elle. Mais que me caches-tu ?

Elle se remit à réfléchir. Bon le tiroir était fermé parce que son paternel ne souhaitait pas qu'elle trouve quelque chose. Ou pas tout de suite. Mais s'il lui arrivait quelque chose, il devait bien y avoir un moyen pour ouvrir ce tiroir. À moins, justement, qu'il ne s'attendait pas à ce qu'il lui arrive quelque chose ? Il pouvait y avoir aussi une autre solution : le tiroir était vide ! Il ne s'en servait jamais et l'avait donc fermé à clef. Mais la jeune femme en doutait. Que pouvait-il contenir ? Et une autre question se posait : cela faisait combien de temps qu'il lui cachait quelque chose ? Depuis combien de temps ce tiroir était-il verrouillé ? Était-ce récent ? Ou plus ancien ? Ces questions l'obsédaient à tel point qu'elle sursauta quand trois coups discrets furent frappés à la porte.

— Mademoiselle, dit la voix de Murielle à travers la porte, je vous ai préparé à manger.

— J'arrive, dit Jade, bien qu'elle ne se souvenait pas avoir demander à la dame de compagnie de lui prépare à manger. Elle n'avait pas d'appétit.

C'est quand elle passa à côté des romans de son père, rangés dans leur ordre de parution, qu'elle ne put retenir un sanglot et elle se mit à pleurer, recroquevillée sur elle-même, au milieu de la pièce. Puis finalement, elle sécha ses larmes avant de sortir. Elle ne voulait pas que Murielle remarque qu'elle avait pleurée. Avant de refermer la porte du bureau pour aller dans la cuisine, elle y jeta un œil une dernière fois en se promettant d'y revenir plus tard. Pour trouver ces clefs et savoir enfin ce que contenait ce mystérieux tiroir verrouillé ! Même si elle ignorait où les trouver, ces clefs !

— Patience, papa, dit-elle. Je saurais bientôt ce que tu as tenté de me cacher.

Elle en était persuadée ! Elle finirait par savoir ce que son père avait tenté de lui dissimuler. Ce tiroir n'était pas vide ! Il contenait quelque chose d'important qu'elle devait savoir ! Finalement, elle referma la porte du bureau et se dirigea vers la cuisine où l'attendait Murielle. Sur la table se trouvait une assiette de salade de maïs. Jade adorait ce plat, mais elle n'avait vraiment pas faim. Elle avait cependant une question à poser à Murielle et fut heureuse que cette dernière l'ait attendue et ne soit pas partie une fois son travail terminé.

SIX

Murielle remarqua que Jade avait les yeux rouges et s'exclama :

— Mon Dieu, mademoiselle, mais vous avez pleuré !

— Ce n'est rien, Murielle, répondit Jade d'un air gêné.

— Vous avez ce que je ferai, moi ? Je sortirai avec des amis pour me changer les idées, oublier un peu tout ça !

La jeune femme médita un instant cette proposition avant de dire :

— Vous savez quoi, Murielle ? C'est une très bonne idée ! Je vais de ce pas téléphoner à Floriane !

Floriane et Jade étaient devenues meilleures amies depuis le lycée. Elles étaient devenues inséparables et il n'était pas rare que Jade aille dormir chez elle et vice-versa, quand Victor pouvait encore vivre seul. Elles passaient leurs journées ensemble, à travailler pour le lycée et discuter. Elles se voyaient aussi les week-ends et pendant les vacances, quand aucune des deux ne partait. Elles avaient été séparées à la fac, Jade étudiant le journalisme et Floriane, la psychologie, mais elle se voyait régulièrement le week-end. Et cela faisait longtemps qu'elles n'étaient plus sorties ensemble. Et Murielle avait raison ! Une sortie lui ferait le plus grand bien. Elle composa le numéro de son amie, qu'elle connaissait par cœur, sur le téléphone mural du couloir. Son amie répondit à la deuxième sonnerie.

— Salut ma Jadoue !

— Salut, Flo, ça va ?

— Oui et toi ?

— Bof, moyen…

— Oh, qu'est-ce qu'il y a ?

Jade comprit que son amie n'était pas encore au courant de la mort de son père. C'était plutôt bon signe ! Les journalistes semblaient n'avoir encore rien dit.

— Je me demandais, reprit Jade, si ça te dirait qu'on sorte ce soir.

— Oh oui ! Carrément ! Mais… je peux emmener Mickey ?

Mickey, de son vrai nom Michael Maus, était le petit ami de Floriane. Elle l'appelait affectueusement Mickey. Cela faisait six mois qu'ils étaient ensemble et Jade l'avait déjà rencontrée plusieurs fois.

— Oui, bien sûr, répondit-elle.

— Tu sais quoi ? reprit Floriane, je vais même faire mieux ! Je vais inviter un garçon pour que tu ne sois pas seule ce soir.

— Ah bon, ce sera qui ?

— Ah ! Surprise !

Jade n'aima pas trop ça. Les amis de Jade étaient de m'as-tu-vu, des garçons qui se fringuaient de manière exubérante avec des cheveux bizarres, tout cela pour être remarqué. Elle n'aimait pas ce genre de garçons. Elle était plutôt classique, préférant un gar gentil et discret. Mais Floriane connaissait ses goûts. Et de toute façon, il ne se passerait sûrement rien ce soir ! Mais Jade ne répondit rien. Floriane reprit :

— On fera la tournée des bars. Et même en boîte, si tu veux

— Non, pas la boîte. J'ai pas vraiment la tête à ça.

— OK, pas de prob. Mais qu'est-ce qui se passe ? Tu as l'air un peu perdue...

— C'est un peu le cas, mais je... je t'expliquerai ça ce soir.

— D'accord. On passe te prendre en voiture à dix-huit heures. Ça te va ?

— Ce sera parfait. À tout à l'heure, Flo.

— A plus !

Puis Floriane raccrocha. Jade était heureuse que son amie ait accepté. Cela lui ferait le plus grand bien de boire un peu, voire du monde. Elle dirait juste que son père avait été assassiné ; et le reste de la soirée, on parlerait d'autre chose ! Pour passer une bonne soirée et oublier la tragédie !

Quand Jade revint dans la cuisine, elle vit que Murielle l'avait attendue.

— Voilà, c'est fait ! déclara Jade. Je sors ce soir !

— Mangez alors, sinon vous ne tiendrez pas ! plaisanta Murielle.

— Je vous remercie, mais je n'ai pas faim. répondit Jade en mettant l'assiette au frigo. Je la mangerais peut-être demain... À propos, Murielle, peut-être savez-vous où se trouve la clef du tiroir de mon père ?

— Du tiroir ? J'ignorais qu'il en avait une ! Je suis désolée, mademoiselle, mais je l'ignore.

Jade fut visiblement déçue. Cependant, demain, la dame de compagnie ne viendrait pas ; en fait, il n'y aurait personne chez elle. Elle serait alors tranquille pour chercher la clef. Pour elle, il était sûr qu'elle était dans le bureau. Mais où dans le bureau ? Toute la question était là. Elle se prit à espérer que son père n'avait pas fait aménager une cache secrète dans le mur de la pièce, sinon elle ne la trouverait jamais ! Mais elle pensait que ce n'était pas le cas ; il suffisait de bien chercher ! Elle avait déjà quelques idées : la table de nuit, le pot à crayons, la trousse, le sous-main… le bureau ne manquait pas de cachettes. Sinon, elle ne savait pas ce qu'elle ferait, mais elle était prête à tout pour ouvrir ce satané tiroir et voir ce qu'il contenait ! Quitte à démonter la table même si elle espérait ne pas devoir en arriver là ! Non ! Son père avait l'habitude de lui que dire que quand on cherchait on finissait pas trouver ! Alors c'est sûr, elle trouverait ! Même si pour cela elle devait y passer plusieurs jours ! Jade était une fille obstinée qui ne lâchait pas si facilement ce qu'elle avait décidé d'entreprendre ! Perdue dans ses pensées, elle ne vit pas que Murielle n'avait pas bougé. Quand elle remarqua enfin que cette dernière l'observait, elle lui demanda :

— Oui, Murielle ? Qu'y a-t-il ?

— En fait, j'ai une question mademoiselle...

Murielle garda le silence avant de demander :

— Maintenant que votre père est mort, allez-vous me licencier ?

Jade parut surprise par cette question. Elle rassura aussitôt la dame de compagnie.

— Non, Murielle. Pas dans l'immédiat. J'ai encore trop besoin de vous !

— Vous comprenez, mademoiselle reprit Murielle, j'ai des problèmes d'argent ; ce sera bientôt régler, mais en attendant...

— Rassurez-vous, je ne compte pas vous licencier pour le moment. Un jour peut-être. Mais pas tout de suite.

Alors que Jade se dirigeait vers le salon, Murielle reprit :

— À propos, mademoiselle, j'ai trouvé ça sous le meuble de l'entrée en faisant le ménage.

Elle tendit à Jade un bouton de chemise.

— Ah oui ! s'exclama celle-ci. Récemment, j'ai fait tomber une boîte de boutons ! Ce dernier a dû rouler en dessous. Merci. Je le rangerais tout à l'heure.

À quatorze heures trente, Murielle était partie. Jade avait trois heures et demie pour se préparer. C'était largement suffisant. Elle avait prévu de prendre une douche et de mettre d'autres vêtements. Tandis qu'elle passait sous le jet, elle repensa à ce qu'avait dit Floriane. Qu'elle allait inviter un garçon pour que Jade ne soit pas seule. Mais elle n'avait pas voulu lui dire à qui elle pensait. Pourvu que ce ne soit pas un de ses amis à elle ! Elle ne supportait pas le type de garçons que Floriane fréquentait. Et cela l'étonnait d'ailleurs, que celle-ci fréquente ce genre de garçon, car elle et Mickey n'étaient pas comme ça. Bon, elle verrait bien. De toute façon, Jade ne comptait pas avoir de petit copain pour le moment. Ses cours lui prenaient suffisamment de son temps pour pouvoir s'occuper en plus d'un garçon !

Elle changea ensuite de vêtements, et une fois prête, erra dans le salon. Elle vit le bouton que Murielle avait trouvé. Elle devait le ranger, mais n'avait pas envie de chercher la boîte de boutons. Elle le prit, alla dans sa chambre, et le mit dans son coffret à bijoux, posé sur sa table de nuit. Puis elle se servit un verre de jus d'orange et attendit, en s'asseyant sur le canapé. L'attente allait être longue ! Elle s'était préparée trop tôt ! Finalement, elle se mit en sous-vêtements et s'allongea dans son lit. Et soudain toutes ses pensées revinrent au tiroir verrouillé. Que pouvait-il bien contenir ? Elle était bien décidée à le savoir en continuant à chercher la clef demain ! Mais que ferait-elle si elle ne parvenait pas à la trouver ? Mais plus encore, pourquoi était-il verrouillé ? Il devait contenir quelque chose de très important si son père voulait qu'elle ne le trouve pas.

— Papa, que me caches-tu ? répéta-t-elle. Que me caches-tu depuis tout ce temps ?

D'ailleurs, depuis combien de temps ce tiroir était-il verrouillé ? Victor avait déjà eu cette table quand Jade était petite. Avait-il directement fermé le tiroir ? Pourquoi interdisait-il à sa fille de rentrer dans son bureau ? Pour cacher ce secret ? Et sa mère, était-elle au courant de ce qui se trouvait dans le tiroir ? Ou bien n'avait-il rien dit à elle non plus ? Ou encore, ce secret ne l'avait-il eu qu'après sa mort ? Qu'est-ce que cela pouvait bien être ? Plus elle y pensait, et plus elle savait qu'elle allait sans doute apprendre quelque chose d'important, comme le nom de l'assassin par exemple.

Elle se tourna sur le côté et ferma les yeux un petit moment. Elle ne pensa à rien, laissant son esprit vagabonder. Elle se souvenait des barbecues qu'ils faisaient avec son oncle du vivant de sa mère. Elle n'aimait pas trop comment son oncle parlait avec sa mère ; elle avait l'impression que ce dernier essayait de la séduire. Mais sa mère ne tombait pas dans son piège. Jade se demandait parfois si Simon n'était pas amoureux de sa mère. Comment il lui parlait, la regardait, et tout ça. Elle lui en avait parlé une fois et sa mère avait répondu en riant qu'il faisait semblant. Que ce n'était qu'un jeu. Et que de toute façon, elle n'avait pas à s'en faire, qu'elle ne comptait pas quitter son père pour Simon.

— Ne t'inquiète pas, Jade, avait dit sa mère. Jamais je ne t'abandonnerais !

Et quelques semaines plus tard, elle était morte dans un accident de voiture. C'était son père qui lui avait appris la nouvelle. Puis il n'en avait plus jamais reparlé. Pourtant, Jade avait besoin de réponses à certaines de ses questions. Il lui arrivait donc de parler de sa mère avec son oncle, qui, lui, acceptait de répondre à quelques-unes de ses interrogations. Elle n'en parlait jamais devant son père, mais quand elle se retrouvait seule avec Simon, quand elle passait la journée chez lui par exemple. Mais elle ne comprenait pas pourquoi son père ne voulait pas en parler. Peut-être était-ce trop dur pour lui, trop douloureux d'évoquer ce souvenir ? Mais quoi qu'il en soit, elle n'avait jamais pu savoir tout ce qu'elle voulait. Désormais, son père était mort, et elle n'aurait plus jamais de réponses à toutes ses questions qu'elle avait sur sa mère et auxquelles son père n'avait pas répondu…

SEPT

Il était dix-sept heures. La fille, âgée d'une vingtaine d'années, était attachée, nue, dans son lit, la gorge tranchée. Ses bras étaient liés aux barreaux du lit avec des vêtements. Ses jambes avaient été repliées à l'arrière de son corps et pendaient de façon grotesque. Ses lèvres avaient été arrachées, donnant au cadavre l'impression qu'il souriait ; enfin, les yeux avaient été sortis de leurs orbites désormais vides. Elle portait autour du cou un petit médaillon en forme de cœur incrusté d'une pierre noire. Le même médaillon qu'on avait découvert sur les corps des autres victimes. La signature du tueur ! Le mort semblait regarder Colt en lui demandant justice. La médecin légiste, Sophie Nihm, se trouvait près du corps et l'examinait. Mais le lieutenant jugea qu'il en avait assez vu et retourna dans le salon, où les parents de la victime étaient interrogés par un homme en uniforme. C'étaient eux qui avaient retrouvé leur fille morte en rentrant de leur travail. Ils avaient été absents toute la journée et ignoraient si elle avait reçu de la visite. Colt se demandait quel homme, ou plutôt quel monstre, avait pu faire une mise en scène aussi morbide ? Bignes vint rejoindre son coéquipier.

— Ça ne fait aucun doute que ce meurtre est lié aux deux autres, dit-il. C'est le même mode opératoire ! C'est déjà la troisième. Nous avons affaire à un serial-killer ! Cela ne fait aucun doute !

En effet, quelques semaines plus tôt, deux cadavres dans la même posture et pareillement mutilés avaient été découverts. Toujours des filles d'une vingtaine d'années, des étudiantes. A part le fait qu'elles étudiaient toutes à la faculté d'Aix, aucun lien ne les reliait. Elles ne se connaissaient pas, ne fréquentaient pas les mêmes bars ou personnes, étudiaient des matières différentes. Et la police n'avait aucun suspect. Elle avait beau interroger les proches, amis, camarades, professeurs de ces dernières, personne n'avait rien remarqué d'étrange ou de différent dans leur comportement. Elles étaient aussi toutes les trois célibataires. Les deux premières victimes avaient eu une relation sexuelle consentie avant d'être tuée. Sans doute avait-elle couché avec leur assassin.

— Qui est-ce ? demanda Colt.

— Il s'agit de Tatiana Humbert, étudiante en histoire de l'art et archéologie. Vingt-deux ans. Vivant à Marseille et aussi à Aix, en collocation. Mais aucun de ses colocataires n'est là pendant les vacances. Ils sont tous rentrés chez eux à Poitiers. Ça ne peut donc pas être l'un d'eux.

— Y a-t-il des témoins ? Des voisins qui auraient vu roder quelqu'un de louche ?

— L'enquête de voisinage est en cours…

— Bien, fit Colt qui se tût.

Il replongea dans ses pensées. Il repensa à ses débuts quand il n'était que simple gardien de la paix. De l'eau avait passé sous les ponts depuis ! Il avait réussi à grimper jusqu'au grade de lieutenant !

Sophie Nihm se dirigea vers les deux hommes.

— La mort est due à une hémorragie infligée par la coupure au niveau du cou. Une fois morte, la victime a été mise dans sa position actuelle.

— Heure de la mort ?

— D'après la rigidité cadavérique, je dirais qu'elle a été tuée entre quinze heures trente et seize heures.

— Elle a subi un viol ?

— Elle a une relation sexuelle, c'est sûr. Contrainte ou consentie, ça, je ne pourrais le déterminer qu'après l'autopsie.

— Il faut qu'on attrape ce salaud avant qu'il ne fasse d'autres victimes, marmonna Colt. Envoyez les résultats directement sur mon bureau.

Il regarda pensivement les techniciens de la scientifique faire des prélèvements sur la scène du crime en espérant que, cette fois, ils trouvent une piste. L'examen des éléments découverts sur les deux premières scènes n'avait abouti à rien. Serait-ce le cas cette fois-ci encore ? Il ne pouvait pas se le permettre. Les cadavres étaient en train de se s'entasser, toujours plus nombreux, et ils n'avaient aucune piste. L'assassin prenait ses précautions pour ne laisser aucun moyen de l'identifier. Il finirait probablement par faire une erreur, permettant de découvrir son identité, mais après combien de victimes ? Colt avait envie de vomir ! Comment pouvait-on faire ça à des filles qui ne demandaient qu'à vivre ? Des filles qui ne découvriraient jamais la joie d'avoir un métier une famille, des petits-enfants ? Il fallait arrêter ce monstre coûte que coûte. Colt chercha rapidement un moyen de coincer cet individu, mais n'en trouva pas. Il semblait frapper au hasard ! Comment savait-il que la victime serait seule chez elle ? L'observait-il ? La connaissait-il ? L'avait-elle invité de son plein gré ? Il ne pouvait pas placer un policier derrière chaque étudiante !

Tapi dans l'ombre, un jeune homme regardait les policiers s'activer. Il avait pris toutes ses précautions pour ne laisser aucune trace. Comme pour les autres ! Celle-là ne parlerait pas non plus. Hier c'était Crystal, aujourd'hui Tatiana et demain ? Qu'importe. Un jour ce serait Jade ! Car il l'aimait à la folie. Mais elle aussi il faudrait la tuer pour qu'elle ne parle pas. Il attendait ce moment avec impatience, pouvoir toucher sa peau pâle et tendre, goûter le goût de ses lèvres, et finalement lui trancher la gorge et boire son sang bien chaud ! Ce serait la première fois qu'il goûterait au sang humain ! Et ce serait aussi sa dernière victime. Oh oui ! Il l'aimait !

Discrètement, il s'éclipsa dans l'ombre.

HUIT

Jade et ses amis étaient assis dans un pub irlandais, situé dans la ville, autour d'un tonneau en guise de table. Ils avaient tous commandé une pression. Jade leur avait raconté l'assassinat de son père.

— C'est dingue ! dit Floriane après que Jade eut terminé son récit.

— Et tu n'as vraiment aucune idée de qui ça peut-être ? demanda Antonin.

Antonin était le garçon que Floriane avait invité pour Jade. Cette dernière était d'ailleurs agréablement surprise, car il n'était pas le genre de garçon que son amie fréquentait habituellement. Posé, discret, gentil et attentionné, il était connu pour avoir des discussions intéressantes. Il étudiait la psychologie, comme Floriane. Et il ne semblait pas insensible au charme de Jade, qui elle non plus, n'était pas insensible au charisme du jeune homme. Il était assis à côté d'elle et ils se jetaient des coups d'œil timides. Jade essayait de lui faire comprendre qu'elle s'intéressait à lui, par le regard, mais elle ignorait si le jeune homme avait compris ses coups d'œil appuyés. C'était la première fois qu'elle ressentait de l'attirance pour un garçon, qui était tout à fait son style. De plus, Antonin semblait un peu timide et elle craquait pour les garçons timides. Elle trouvait que ça leur donnait du charme. Elle espéra qu'il se passerait finalement quelque chose entre eux ce soir.

— Non, je n'en ai aucune idée, fit-elle. Je ne vois vraiment pas qui pouvait lui en vouloir au point de le tuer.

— Et que dit la police ? demanda Mickey.

— Pas grand-chose pour le moment.

Les quatre amis se turent. Puis Floriane reprit :

— Vous savez, la fille qui se fagotait comme une tepu…

— Qui ça ? demanda Jade.

— La fille en histoire, qui s'était teinté les cheveux en rose.

— Ah oui !

— Eh bien, elle a été retrouvée morte il y a quelques semaines. Et c'est déjà la deuxième ! La police n'a aucune piste ! Peut-être que l'assassin est un étudiant et qu'on le côtoiera à la rentrée. Je trouve ça excitant !

— Je ne sais pas si excitant est le terme exact. Elle a été tuée comment ? demanda Jade.

— La gorge tranchée.

— Mais c'est horrible ! s'écria Jade.

La gorge tranchée lui rappelait la mort de son père, tué de la même façon.

— Sans compter que je connais d'autres moyens de t'exciter ! plaisanta Mickey.

— Tait-toi, idiot ! rit Floriane en l'embrassant.

Devant ce geste d'intimité, Jade et Antonin baissèrent la tête.

— Ben quoi ? dit Floriane. Ne jouez pas les saintes nitouches. Je suis sûr qu'Antonin plaît à Jade ! N'est-ce pas ?

À ces mots les deux jeunes gens rougirent.

— Et je suis sûre que Jade plaît à Antonin ! termina Floriane. Embrassez-vous les amoureux !

Jade se mit à rougir encore plus.

— Ouh, les tomates ! Allez, buvez un peu d'alcool, ça délie les langues !

Les deux intéressés finirent leurs verres d'un trait. Floriane et Mickey burent à leur tour. Puis Floriane déclara :

— Jade ne veut pas aller en boîte. Pas grave. On va faire la tournée des bars !

Quand ils se levèrent, Jade avait déjà la tête qui tournait un peu. Elle n'était pas habituée à boire une bière d'un coup ! Tandis que Mickey et sa copine marchaient devant, Antonin, qui était derrière avec Jade lui glissa :

— Je n'oserais pas t'embrasser devant eux, mais si tu m'acceptes…

— Pas de problème ! dit Jade qui glissa sa main dans la sienne.

Quand Floriane se retourna pour voir si ses amis les suivaient et vit Antonin et Jade main dans la main elle cria :

— Jade à un copain ! Yahouuuuuu !

La rue était animée. Beaucoup de passants ou de familles avec enfants déambulaient dans la rue. Les bars étaient illuminés tandis que la nuit commençait à plonger l'agglomération dans l'obscurité. Des bandes de jeunes s'arrêtaient dans les bars ou en sortaient pour continuer la fête ailleurs. Les terrasses des restaurants étaient bondées. On approchait du mois de septembre, mais il faisait encore bon le soir. Un petit vent d'est rafraîchissait l'air. Les quatre amis se sentaient bien dehors. Jade commençait à oublier la tragédie qui l'avait frappé ; elle se sentait heureuse d'être là, avec un potentiel petit copain. Elle comptait bien la ramener chez elle ce soir ! Du vivant de son père, elle n'aurait jamais osé ramener un garçon à la maison, mais il n'était plus là, et elle ne voulait pas terminer la soirée seule, comme une pauvre fille. Ce soir, toutes les folies étaient autorisées. Elle n'avait plus à s'inquiéter pour son paternel. Elle l'oublia complètement pour la soirée. Elle pouvait enfin vivre comme une jeune femme de son âge ! Bien sûr, elle s'en voulait un peu de faire la fête alors que son père était à la morgue, mais Murielle avait eu raison sur un point ; elle devait se changer les idées ! Et c'était le cas ce soir. Elle espéra que la fête se prolongerait tard dans la nuit. Elle se sentait si bien qu'elle ne voulait pas briser cet instant magique.

— Allez, on va dans ce bar, maintenant, dit Floriane, en désignant un bar brillamment illuminé et en tirant Jade de sa rêverie.

Les quatre amis trouvèrent une table inoccupée et s'y installèrent. Ils commandèrent tous un cocktail alcoolisé. Étant tous trois majeurs, ils avaient le droit de boire ce qu'ils voulaient !

— Merci, les amis, leur dit Jade. Je passe vraiment une super soirée avec vous !

— C'est aussi le cas, pour nous, Jade ! répondit Floriane. Profitons-en !

Ils parlèrent ensuit de leurs stars favorites. Jade et Antonin découvrirent qu'ils aimaient tous deux le même acteur et la même actrice. Goûts musicaux, en revanche, les avis étaient partagés. Ils parlèrent aussi des dernières informations qu'ils avaient vues à la télé, évitant de parler du meurtre des étudiantes dont Floriane avait fait mention au début de la soirée. Ils parlèrent plutôt des nouvelles sorties cinéma, des évènements culturels qui étaient prévus dans la région et autres potins. C'était Floriane qui guidait la soirée, c'était elle qui décidait dans quel bar devait se rendre le petit groupe et qui lançait les discussions. Elle avait toujours été comme ça ; prendre des initiatives pour les autres. Mais cela ne gênait pas Jade qui se laissait entraîner par le groupe. C'était une belle soirée et elle espéra que rien ne viendrait la gâcher.

À mesure qu'il se faisait de plus en plus tard, les passants ainsi que les voitures se firent plus rares. Le groupe était en train de marcher dans une rue déserte, à la recherche de leur voiture pour rentrer. Il était à peu près deux heures du matin. Pour eux, la soirée était terminée. Ils avaient écumé cinq bars et à la fin, Floriane, qui conduisait, n'avait pris plus aucune boisson alcoolisée. La fête était peut-être terminée pour Floriane et Mickey, mais pas pour Jade qui voulait ramener Antonin chez elle. Elle lui glissa :

— Tu prendras bien un dernier verre chez moi !

— Avec plaisir, dit-il. Il n'y a personne qui t'attend ?

— Non…

Antonin vit, au regard triste que prit Jade, qu'il avait gaffé. Il ignorait que celle-ci avait perdu sa mère très jeune. Il préféra ne plus rien dire. Ils marchèrent côte à côte. En passant près d'une ruelle animée, Jade lui dit :

— Oh, viens voir un truc avec moi !

Antonin la suivit et dès qu'ils eurent disparu de la vue de leurs amis, celle-ci l'embrassa fougueusement.

— J'en avais très envie, dit-elle.

Ce dernier lui rendit son baiser puis ils allèrent rejoindre leurs amis.

— Qu'est-ce qui se passe ? Vous étiez où ? demanda Floriane.

— On regardait juste un truc, répondit Jade.

Une fois installée au volant de sa Volkswagen blanche, Floriane dit :

— Bon, on ramène qui en premier ?

— Antonin vient chez moi ! indiqua Jade qui était assise à l'arrière avec lui.

— D'accord, répondit Floriane avec un sourire. On va commencer par vous !

La voiture quitta peu à peu la ville pour retourner dans la banlieue. Ils passèrent devant de somptueuses propriétés où vivaient les gens les plus fortunés. C'était encore les vacances et même si plus aucune lumière ne brillait à travers les fenêtres, on voyait que, aux nombreuses voitures garées, ces dernières étaient encore occupées par leurs propriétaires, la plupart étant des retraités qui venaient dans leurs résidences de vacances et qui vivaient en ville le reste de l'année. Jade vivait depuis son enfance dans une de ces vastes maisons, grâce à la fortune que son père s'était constituée en vendant ses romans policiers.

Ils arrivèrent devant la maison de Jade, dont le porche était en bois sombre, et laissèrent sortir cette dernière et son jeune invité.

— Bonne soirée les amoureux ! cria Floriane avant de reprendre la route.

Jade et son compagnon attendirent que la voiture ait disparu au coin de la rue. Aussitôt, elle se jeta dans les bras du garçon et l'embrassa. Celui-ci était étonné qu'elle lui porte tant d'attention. Il ne se connaissaient pas tant que ça ! Mais Jade était quand même jolie et cela ne le gênait pas plus que ça qu'une fille comme elle s'intéresse à lui. De son côté, Jade trouvait Antonin pas mal et se voyait bien vivre une histoire amoureuse avec lui. Mais pas juste une histoire ! Quelque chose qui durerait longtemps et, pourquoi pas, toute la vie ?

Jade était très fleur bleue, comme l'aimait à le rappeler son père. Et pour elle, c'était la première fois qu'elle ressentait un tel sentiment pour un garçon. Était-ce cela l'amour, se demanda-t-elle ? Elle ne s'était pas attendue à tomber amoureuse au bout d'un soir ! Mais ne disait-on pas que les sentiments ne se commandent pas ?

Elle sortit sa clef de son sac et, avant d'ouvrir la porte vitrée, elle pensa à son père. Que dirait-il s'il savait qu'elle avait ramené un garçon qu'elle ne connaissait pas encore très bien à la maison ?

— Pardonne-moi, papa. Je sais ce que je fais, souffla-t-elle.

Elle alluma le salon et invita le garçon à la suivre à l'intérieur.

— Voilà, c'est mon petit chez-moi, dit-elle.

Antonin pénétra dans la maison de Jade et parut surpris par l'atmosphère chaleureuse et intime qui s'en dégageait.

— C'est là que tu vivais toute l'année avec ton père ? demanda-t-il d'un air admiratif. Quelle baraque !

— C'est vrai que c'est impressionnant au premier abord, mais on s'y fait très vite.

Elle pénétra dans le salon avec Antonin et l'invita à s'asseoir. Il prit place dans un fauteuil.

— Tu as soif ? lui demanda-t-elle.

— Je suppose que tu n'as pas de jus de tomate ?

— Ah non, désolée.

— Bon, un soda alors…

— Tu ne veux pas une bière ?

— Je pense qu'on a bu assez d'alcool pour ce soir...

— C'est vrai ! fit-elle confuse.

Elle disparut dans la cuisine chercher à boire pour son invité et elle-même.

NEUF

Jade revint de la cuisine avec un plateau, portant deux verres et deux canettes de soda. Elle avait pris les verres au cas où. Elle avait l'habitude de boire directement à la canette, mais ne voulait pas faire trop garçon manqué devant Antonin. Devant son père, son oncle ou son cousin, elle ne prenait pas cette précaution. Elle s'assit ensuite dans le canapé, face à Antonin. Ils se regardèrent un long moment dans les yeux. Puis la jeune femme rompit le silence.

— Depuis la mort de mon père, j'ai besoin de parler un peu.

— Je m'en doute, répondit Antonin.

— J'ai perdu ma mère quand j'avais huit ans ! Et maintenant mon père…

— Je comprends que ça ne doit pas être facile. Tu n'as plus de famille.

— Bien sûr, il me reste mon oncle et mon cousin. Mais ce n'est pas pareil.

Antonin ne dit rien. Elle choisit de lui révéler son intention de trouver des réponses à ses questions par elle-même.

— Écoute, je vais te révéler un truc, mais il faut que tu ne le dises à personne…

— Entendu.

— J'ai décidé de chercher des réponses sur la mort de mon père de mon côté. Pas mener une enquête, juste trouver des réponses. Tu comprends ?

— Bien sûr et à ta place je ferais sûrement pareil. Mais pourquoi ne dois-je le dire à personne ?

— C'est mon oncle qui ne veut pas. Je ne comprends pas pourquoi, mais il est contre. Donc si cela arrive à ses oreilles, j'ai peur de sa réaction.

— Ne t'inquiète pas, je serais muet comme une tombe.

— Merci.

Un nouveau silence se fit. Les deux amoureux se regardèrent à nouveau. Jade ne savait pas quoi dire de plus. Finalement, ce fut Antonin qui brisa le silence. Ils parlèrent ainsi une grande partie de la nuit. De leur enfance, quand la jeune femme avait perdu sa mère étant petite, leurs espoirs, leurs projets d'avenir. Ce qu'ils aimaient ou au contraire détestaient. Leurs envies, leurs regrets. Leurs voyages. Jamais Jade ne s'était autant livrée à quelqu'un sur sa vie et sa jeunesse. Elle se dévoilait complètement au jeune garçon qui faisait de même. Après avoir discuté deux heures, elle semblait le connaître parfaitement.

— Je ne sais pas pourquoi je t'ai raconté tout ça, dit-elle. D'habitude, je suis plus discrète sur ma vie...

— Je pense que tout cela avait besoin de sortir...

— Tu sais, reprit-elle, en fouillant dans l'ordinateur de mon père, j'ai découvert que ce dernier avait eu un rendez-vous avec quelqu'un que je ne connais pas, alors que j'étais absente. J'ai trouvé son numéro de téléphone. Crois-tu que je devrais l'appeler ?

— Je pense que oui. Tu trouveras peut-être des réponses à certaines de tes questions.

— Tu crois ?

— Tu n'as rien à perdre à essayer.

Antonin avait raison. Ça ne lui coûtait rien d'essayer, et peut-être trouverait-elle effectivement des réponses à quelques-unes de ses questions, dont la principale était de savoir si cet individu pouvait être l'assassin. Elle n'arrivait pas à expliquer pourquoi, mais avec Antonin elle se sentait bien, ce dernier lui inspirait confiance. Elle sentait des papillons battre des ailes dans son estomac. N'y tenant plus, elle grimpa sur la table basse à quatre pattes et l'embrassa. Elle était arrivée au point de non-retour. Il en savait trop d'elle. Elle voulait se livrer entièrement à lui, s'offrir à ce dernier.

— Je t'aime, souffla-t-elle. Tu m'inspires confiance... et c'est avec toi que je veux le faire !

Le jeune garçon lui rendit son baiser. Elle commença à retirer son haut tandis qu'Antonin se mettait torse nu. Il goûta à sa chair tendre. Ils ne cessaient de se bécoter. Elle le prit par la main et le conduisit dans sa chambre. Là, ils firent l'amour toute une partie de la nuit avant de s'endormir, épuisée, en sueur, l'un dans les bras de l'autre. Ce fut la première fois pour Jade. Et elle n'oublierait jamais ce moment… Alors que l'aube pointait, les deux amoureux continuaient à dormir, fatigués par la folle soirée qu'ils avaient passée. Les oiseaux commençaient à gazouiller. Ce chant réveilla Antonin qui regarda un long moment sa compagne dormir.

— Ma biche, murmura-t-il à son oreille.

Il lui baisa la main et suivit des doigts sa silhouette fine. Elle ne se réveilla pas. Il se recoucha auprès d'elle, passant un bras autour de sa taille, mais garda les yeux ouverts. Il réfléchissait à tout ça. Il se dit qu'il n'avait jamais aimé une fille comme il aimait Jade. Il avait déjà connu des histoires d'amour, mais jamais aussi intenses. Ç'avait été le coup de foudre entre eux deux. Et à son avis, cette histoire était faite pour durer. Non, il ne souhaitait pas une histoire d'une nuit avec elle ! Il souhaitait quelque chose qui dure ! Il se prit à espérer que la jeune femme endormie désirait la même chose. Que celle-ci ne le chasse pas ce matin en disant qu'elle avait fait une erreur, l'alcool aidant ! Il ne le supporterait pas !

— Jade, je t'aime ! murmura-t-il.

Celle-ci gémit dans son sommeil et se retourna sur elle-même.

DIX

Quand Jade se réveilla, nue, elle constata qu'elle était seule dans son lit. Où était passé Antonin ? En entendant de l'eau couler dans la salle de bain attenante à sa chambre, elle comprit qu'il devait être en train de prendre une douche. Elle rosit légèrement en repensant à ce qu'ils avaient fait durant la nuit. Mais elle avait trouvé cela agréable. Elle avait éprouvé des sensations qu'elle n'avait jamais connues avant. Elle avait découvert la douceur de ses seins, le sentiment de se sentir appartenir à quelqu'un, tout en possédant elle-même son compagnon, la douceur de la peau de son partenaire, le goût de sa bouche. Des choses qu'elle n'avait même pas imaginées. Même pas rêvée ! Alors qu'elle rêvassait, se souvenant de leurs étreintes et leurs baisers enflammés, des étoiles qui brillaient dans les yeux du garçon, Antonin sortit de la salle de bain, une serviette nouée au niveau de la taille. Quand il remarqua que Jade l'observait, il lui dit :

— Salut ! J'espère que je ne t'ai pas réveillé…

— Non, pas du tout.

— Tu as bien dormi ?

— Comme un bébé. Et toi ?

— Très bien aussi. Je voulais te dire, pour hier…

— Tu regrettes ? s'inquiéta Jade.

— Oh non, les moments que j'ai passés avec toi étaient magnifiques ! J'espère juste qu'on se reverra !

— N'ai pas d'inquiétude là-dessus ! J'espère même qu'on se reverra avant la rentrée.

— Tu as réussi tes partiels ?

— Oui, pourquoi ?

— Parce que si tu as réussi, la rentrée officielle est en octobre. Le mois de septembre, c'est pour les rattrapages.

— Oui, je sais. Mais ça vient vite quand même !

Elle se tut un instant puis reprit :

— Pourquoi tu ne viendrais pas te recoucher ? Je suis un peu patraque pour me lever, aujourd'hui ! J'ai dû trop boire, hier. On petit-déjeunera plus tard…

— Hélas, j'aimerai bien, mais je travaille aujourd'hui, dit-il en se rhabillant.

— Tu travailles pendant les vacances ?

— Oui, pour pouvoir payer les études.

— Ce ne sont pas tes parents qui le font ?

— Ils m'aident, mais pas en totalité. Ils me disent que je dois faire mes choix et travailler pour y arriver. Déjà que je suis logé gratuitement chez eux ! Si en plus je ne fais rien, tu imagines ?

Victor avait toujours payé les études de Jade qui n'avaient jamais eu de jobs d'été. Son père lui disait toujours qu'elle travaillait suffisamment l'année et que les vacances étaient faites pour se reposer. De toute façon, elle n'aurait pas eu le temps de travailler dans un centre aérer ou autre étant donné qu'elle devait s'occuper de son père.

— Tu ne restes même pas pour le petit déjeuner ? demanda Jade déçue.

— J'aimerai bien ma biche, mais je n'ai pas de véhicules et je risque d'être un peu en retard.

— Comme, tu veux, mon canard, dit-elle sur le même ton.

Cela les fit rire tous les deux. Puis Antonin embrassa Jade d'un baiser sur la bouche avant de sortir de la maison. Jade se retrouva seule. Elle avait la tête qui tournait à cause de la grande quantité d'alcool qu'elle avait bue hier en faisant la tournée de bars avec ses amis.

— Pas envie de chercher la clef, aujourd'hui, maugréa-t-elle, bien que cette histoire de tiroir verrouillé l'intriguait au plus haut point. En revanche, elle se sentait assez en forme pour téléphoner au mystérieux homme qui avait eu un rendez-vous avec son père ; comme l'avait dit Antonin, elle n'avait rien à perdre à essayer. Elle roula sur elle-même dans le lit pour prendre la place où avait dormi le garçon, respira les draps pour s'imprégner de son odeur puis passa sous le jet avant de s'habiller et prit pour petit déjeuner un café noir avec des œufs brouillés. L'appétit lui était revenu. Tout en mangeant, elle se demandait ce qu'elle allait dire à cet homme. Elle décida de commencer par se présenter puis demander ce qu'ils s'étaient dit à ce fameux rendez-vous. Elle verrait bien si l'homme accepterait de coopérer et si elle le pensait suspect, elle en parlerait à la police ! De nature timide devant les étrangers, elle appréhendait un peu ce coup de téléphone. Comment l'homme allait-il réagir en apprenant que Victor avait une fille ? Et s'il était l'assassin et qu'il décidait de la supprimer elle aussi ? Elle se faisait sûrement du soucis pour rien, mais elle ne pouvait s'empêcher de se poser la question. Surtout que la police ne surveillait plus son domicile. De toute façon, elle verrait bien. Une fois son plat terminé, elle mit tout dans l'évier et fila dans sa chambre, s'assit sur le lit défait, et prit son téléphone portable. Elle sortit le papier où était marqué le numéro de monsieur Beaumont. Elle hésita longtemps avant de finalement composer son numéro. Tandis que le téléphone sonnait, son cœur battait la chamade. Elle s'attendait à entendre une voix profonde, caverneuse. Quand quelqu'un décrocha enfin, elle faillit raccrocher, mais tint bon.

— Allô ? fit une voix à l'appareil.

Cette voix semblait être celle d'un homme d'une trentaine d'années. Ce devait être la personne dont elle avait visité le profil Facebook quand elle fouillait l'ordinateur de son père.

— Heu… monsieur Beaumont ? balbutia Jade.

— Oui, c'est moi.

Elle tremblait de tous ses membres, sa timidité l'empêchant de parler calmement. Pourquoi Antonin n'était-il pas là pour la soutenir ? Elle prit une profonde inspiration.

— Je suis Jade, la fille de l'écrivain Victor Niourk.

Silence au bout du fil. Mais Jade continua :

— J'ai vu que vous aviez rendez-vous avec mon père et j'aimerais savoir…

— Ce qu'on s'est dit ce jour-là, c'est bien ça ? dit l'homme avec un petit rire.

— Oui, dit Jade prise au dépourvu.

— La police m'a déjà interrogé à ce sujet, expliqua Beaumont. Mais je vais vous dire ce qui s'est passé…

Jade fut étonnée. Ainsi la police savait ? Mais comment ? Peut-être le numéro de l'homme était-il également présent dans le téléphone portable de son père ?

— J'ai rencontré votre père, un jour, lors d'un salon du livre. J'ai commencé à discuter avec lui ; vous savez, j'ai lu tous ces romans !

Jade garda le silence même si elle ressentit un peu de fierté de savoir que cet homme avait lu tous les livres de son père !

— Je lui ai dit que je voulais aussi me mettre à écrire des romans policiers. Il s'est montré très intéressé, continua l'homme. Il m'a donc invité chez lui pour échanger des conseils. Le jour prévu, je suis allé chez lui et nous avons parlé écriture. C'est tout !

Jade garda le silence un petit moment, assimilant cette information avant de demander :

— Vous a-t-il parlé de moi ? Ou d'autre chose ?

— Non, nous n'avons parlé que d'écriture ! Et il n'a pas mentionné votre existence !

— Et semblait-il nerveux ou inquiet ?

— Non, je n'ai rien remarqué. Je pense qu'il était plutôt heureux d'avoir de la visite !

— Et vous avez une idée de pourquoi il ne vous a pas parlé de moi ?

— Aucune idée ! Peut-être ne voulait-il pas que je sache que vous existiez ? Pour que vous ne tombiez pas sur un mec louche !

— Pourquoi, vous êtes louche ?

— Non, mais votre père ne me connaissait pas. Peut-être se méfiait-il un peu ?

Jade réfléchit à cette possibilité. Oui, il était fort possible que son père ne voulait pas que cet homme fréquente sa fille, ne le connaissant pas assez bien. Jade reprit :

— Merci d'avoir répondu à mes questions, monsieur. Au revoir.

Puis elle raccrocha. Finalement, elle avait été ridicule d'appréhender ce coup de téléphone ! Tout s'était bien passé ! Elle n'avait rien appris de plus sur la mort de son père sinon une chose : ce type n'était sûrement pas son assassin ! Il ne s'était pas braqué, n'avait pas rechigné à répondre. Tout ce qu'il avait raconté avait du sens, aucune contradiction. La jeune femme croyait en sa bonne foi. Et apparemment, la police aussi étant donné qu'elle ne l'avait pas mis en garde à vue. Elle se renversa dans son lit. Non, elle ne savait toujours pas pourquoi son père était mort et cela la frustrait. Il était évident pour elle que ce n'était pas un meurtre gratuit, qu'il avait forcément fait quelque chose qui avait déplu à quelqu'un. Mais quoi ? Et à qui ? Jade se souvint qu'elle avait lu un roman ou un auteur avait été assassiné, car il avait fait mourir un de ses personnages de papier. Mais Victor n'avait tué aucun des protagonistes de ses histoires. Ça ne pouvait pas être ça. Elle était sûre d'une autre chose : la réponse à sa question se trouvait dans ce foutu tiroir ! Sinon, pourquoi son père l'aurait-il verrouillé ? Pour que Jade découvre la clef et dénonce à la police son assassin ! Résolue, elle fonça dans le salon et retourna tous les tiroirs des meubles, l'un après l'autre, à la recherche de la clef. Mais elle ne trouva rien et au bout d'une heure le salon était sens dessus dessous ! Elle bouillonnait intérieurement ! Où étaient ces foutues clefs ?

— Putain de bordel ! cria-t-elle.

Elle décida de se calmer en allant prendre un bain chaud. Cela avait pour habitude de l'apaiser, de la relaxer et la détendre. Tandis qu'elle se dirigeait vers la salle de bain, quelqu'un sonna. Qui cela pouvait-il bien être ? Elle alla ouvrir et vit avec surprise deux policiers en uniforme.

— Bonjour, mademoiselle, dit l'un d'eux. Nous sommes venus récupérer l'ordinateur de votre père.

— Heu, oui, dit Jade. Entrez.

Elle se sentait mal à l'aise, gênée que les policiers voient le salon retourné.

— Vous avez des ennuis ? demanda l'un d'eux en désignant le salon.

— Non, je vous assure, tout va bien.

Elle conduisit les hommes des forces de l'ordre dans le bureau et ils emmenèrent avec eux l'unité centrale de Victor. Il n'y avait ni clef USB, ni disque dur à emporter. Cependant, les policiers remarquèrent les carnets noirs et Jad leur expliqua qu'il s'agissait des carnets de notes de son père. Les policiers indiquèrent à cette dernière qu'ils viendraient probablement les chercher un de ces jours. Ces derniers fourniraient peut-être une piste aux enquêteurs. Jade fut heureuse d'apprendre cette nouvelle. C'était un occasion de plus pour rester ici. Une fois seule, elle se dirigea à nouveau vers la salle de bain ; elle rangerait le salon quand elle serait calmée. Le contact de l'eau tiède sur sa peau lui fit du bien et elle s'immergea complètement dans l'eau, ne laissant dépassée que la tête. Elle ferma les yeux, savourant ce moment de plaisir. Elle était si bien qu'elle ne voulait plus bouger, rester ici le plus longtemps possible. Tous ses soucis, toutes ses questions s'envolèrent. Elle laissa son esprit vagabonder et ses pensées se tournèrent vers Antonin. Quel garçon charmant ! Elle avait de la chance de sortir avec lui ! Il lui tardait de le revoir !

ONZE

La soirée était tombée et Jade avait mangé des raviolis à même la casserole. N'étant pas fatiguée, elle se mit devant la télévision et alluma une chaîne au hasard. Il y passait les informations. Le présentateur parlait à propos d'un problème lors de négociations entre deux pays. Mais ce qui attira le regard de Jade fut le texte défilant qui passait au bas de l'écran. Il y était écrit « CRIME : Le célèbre écrivain Victor Niourk retrouvé mort à son domicile ; la polie enquête ». Ainsi, les médias étaient au courant ! Cela devait bien arriver tôt ou tard ! Mais apparemment, la police tenait son adresse secrète, car elle ne voyait aucun camion de télévision ni de journalistes autour de sa maison ! Tant mieux ! Ça lui éviterait de devoir répondre à des questions embarrassantes ou touchant à sa vie privée ! Mais, ironie du sort, ce seraient les mêmes questions qu'elle poserait à d'autres victimes quand elle aurait trouvé du travail de journaliste ! Elle sentit un peu de haine et d'hypocrisie envers elle. Mais ce sentiment de culpabilité disparut bien vite. Elle décida de se rendre sur la terrasse en laissant la télévision en bruit de fond. Elle s'assit à même le sol, sur le carrelage chauffé par le soleil de l'après-midi, appuya son dos contre le mur au crépi marron et leva la tête, observant les étoiles.

L'air était tiède. Dans trois jours, on serait en septembre, mais même à cette période il ne faisait pas encore froid. Le son était troublé par le chant des cigales et les bruits de la circulation. Tout était calme, paisible et elle s'attendait à entendre la porte-vitre a moitié fermée s'ouvrir en grand, entendre son père approcher avec une tasse de café fumante, lui poser la main sur l'épaule en lui disant :

— Les étoiles sont magnifiques, n'est-ce pas ?

Bien qu'elle avait l'impression de sentir une légère odeur de café, elle savait que son père ne réapparaîtrait pas. Il était mort ! Fini ! Elle ne le reverrait plus jamais ! À cette pensée, ses yeux s'embuèrent de larmes. Elle se souvenait que ce dernier lui avait appris à reconnaître les constellations. Mais aujourd'hui, sans lui, elle ne reconnaissait aucune étoile, sauf Vénus qui brillait d'une lueur plus forte que les autres. Elle se rappelait que ce dernier lui avait offert un télescope pour Noël. Qui était désormais rangé dans la cave. Oui, le monde était injuste. Pourquoi lui avait-on pris la seule personne qui lui restait ? Qui pouvait se croire de taille à décider qui devait vivre ou mourir ? On était des humains, pas des animaux ! On pouvait penser, réfléchir, haïr même, mais pas tuer un autre être humain ! Un assassin, pensait-il un instant à la tristesse qu'il imposerait aux proches de sa victime ?

— Papa… pleura Jade. Papa…

Soudain, elle prit une décision. Mûrement réfléchie. Une décision qu'elle avait prise inconsciemment dès la mort de son père ! Quoi qu'en disent les autres, quoi que fassent son oncle et son cousin, elle mènerait son enquête ! Elle suivrait les pistes qu'elle trouverait ici ! Oui ! C'était sûrement ce que son père aurait voulu ! Qu'elle découvre pourquoi il était mort et une fois qu'elle saurait qui était l'assassin, de trouver un moyen de le confondre ! En plus, c'était une bonne occasion de voir si elle ferait une bonne journaliste d'investigations en tentant de résoudre cette enquête ! Mais pour cela, elle devait rester ici pour examiner le moindre élément ! Et demain, elle commencerait ses investigations en cherchant la clef du tiroir. Elle n'était pas dans le salon donc elle ne pouvait être que dans le bureau ! Ou la table de nuit de son père !

— Je te vengerais, papa ! Je t'en fais la promesse ! pensa-t-elle très fort.

Elle releva la tête et sécha ses larmes. Elle devait être forte à présent ! Ne pas se laisser engloutir par le chagrin ! Des regrets, elle aurait le temps d'en avoir une fois l'assassin démasqué ! Elle avait téléphoné à Michel Beaumont et n'avait rien appris de plus ! Mais c'était déjà un pas, un suspect en moins. Il fallait qu'elle continue comme ça ! Qu'elle continue ses recherches de preuves ! Elle était convaincue que la clef de l'énigme était cachée dans ce tiroir verrouillé ! Elle en aurait le cœur net demain ! Elle en était sûre ! Elle décida d'aller se coucher pour se lever de bonne heure. Commencer ses investigations aussitôt après un bon petit déjeuner avaler ! Elle se coucha et chercha dans les draps l'odeur du garçon qui avait passé la nuit avec elle ; cela l'aiderait à trouver du courage quand celui-ci viendrait à lui manquer !

— Antonin, pensa-t-elle. J'ai hâte de te revoir et de te faire part de ma décision ! En espérant que tu l'acceptes !

Jade était complètement accrocs à son petit copain. Elle espérait et que ce garçon était le bon ! Celui qu'elle avait inconsciemment recherché, celui qui lui correspondait parfaitement. Et quoi qu'il en soit, elle le saurait avec le temps ! Elle tomba rapidement dans les bras de Morphée en faisant de magnifiques rêves avec l'élu de son cœur. Seul le dernier rêve fut horrible ; elle voyait son père, à l'état de cadavre en putréfaction, dans son bureau, le corps recouvert de vers, lui souriant et avalant la clef du tiroir qu'il tenait auparavant entre deux de ses doigts squelettiques, avant d'éclater d'un rire sinistre. La clef retomba au sol, recouverte d'une matière gluante. Elle se réveilla en sursaut et ne parvint plus à fermer l'œil de la nuit, craignant de refaire un cauchemar du même genre... Elle tremblait de peur dans son lit, invoquant le soleil pour que ce dernier se lève vite !

DOUZE

Quand Jade se réveilla, le soleil commençait à poindre. Elle s'était finalement rendormie malgré elle, mais par chance, n'avait plus fait de cauchemars. Elle se demandait quelle signification pouvait avoir ce dernier rêve ? Était-ce un avertissement qu'elle ne devait pas ouvrir ce tiroir ? Mais la curiosité était la plus forte. Elle décida de chercher la clef cet après-midi, quand Murielle serait repartie. Elle se disait, qu'étant donné qu'elle ne voulait parler de cette enquête à personne hormis Antonin, il vaudrait mieux qu'elle soit seule quand elle chercherait des indices. Elle passa rapidement sous la douche et s'habilla avant que la dame de compagnie n'arrive. Elle se prépara un café noir et des œufs brouillés. Malheureusement elle n'avait plus de bacon. Il faudrait qu'elle demande à Murielle d'aller en acheter. Elle se souvenait que, quand elle était petite, huit ou neuf ans, son petit déjeuner se composait de céréales avec du lait puis, quand elle fut adolescente, son père lui avait dit qu'il fallait qu'elle prenne un petit déjeuner d'adulte et lui avait préparé une tasse de café au lait avec des œufs brouillés au bacon. Il disait que c'était ce que mangeaient les Américains ; à cette époque, Jade était passionnée par l'Amérique et voulait visiter New York, aussi goûta-t-elle sans hésiter. Et elle avait aimé ! Depuis, elle prenait toujours le même petit déjeuner tous les matins ! Elle déjeunait habituellement seule, son père se levant plus tard, généralement avant que Murielle n'arrive, mais quand Jade était déjà à la fac.

La dame de compagnie arriva vers neuf heures et demie. Jade n'avait pas eu le temps de ranger complètement le salon, hier. À la vue du désordre qui y régnait, Murielle se demanda ce qui avait pu se passer ici, mais n'osa pas poser la question. Elle avait deviné que Jade allait lui demander de finir de le ranger. Ce fut effectivement ce que lui demanda la jeune femme en plus de faire la vaisselle et de lui préparer quelque chose à manger. La salade de maïs qu'elle avait terminé hier, à midi, avait été délicieuse ! Murielle se mit au travail sans rien dire. Jade l'aida un peu à continuer le rangement du salon.

— Excusez-moi, osa Murielle, mais vous n'avez pas eu de problèmes, hier ?

— Vous voulez parler de l'état du salon ? demanda Jade.

— Oui, murmura la femme de compagnie.

— Ne vous inquiétez pas, répondit Jade en riant, il ne s'est rien passé de grave.

— Vous n'avez pas été agressée au moins ?

— Non, non, rien de grave…

Jade sourit intérieurement. Agressée ! Quelle idée ! Murielle se faisait vraiment des soucis pour rien ! Une fois la pièce de nouveau en ordre, Murielle se dirige vers la cuisine pour faire la vaisselle. Jade en profita pour mettre de l'ordre dans ses idées. Que savait-elle ? Pas grand-chose. Son père avait assassiné. Pourquoi ? Par qui ? Elle l'ignorait toujours. Elle était persuadée, en revanche, que ce n'était pas Michel Beaumont le criminel. Et, étant donné qu'il n'avait pas été placé en garde à vue, c'étaient aussi les conclusions de la police. Il devait avoir un alibi que les forces de l'ordre avaient dû vérifier. Qui restait-il alors ? Elle n'en avait aucune idée ! A part ouvrir ce satané tiroir, elle ne voyait pas comment elle pourrait avancer dans son enquête ! Elle avait hâte de se remettre à la recherche de la clef, mais ne voulait rien faire tant que Murielle était là. Elle lui faisait confiance, bien sûr, mais ne voulait prendre aucun risque. Si jamais celle-ci répétait à quelqu'un que sa patronne faisait une enquête de son côté, ça ne lui faciliterait pas la tâche ! Elle aurait bien voulu en parler à Antonin. Elle lui faisait confiance, elle savait que ce dernier la soutiendrait. Elle avait bien son portable, mais avait peur de le déranger si jamais ce dernier travaillait en ce moment. Elle décida de l'appeler ce soir. Mais en attendant, elle ne savait que faire ! Peut-être devrait-elle noter toutes ses découvertes dans un carnet ? Mais qu'avait-elle découvert au fond ? Rien !

Elle tournait comme un lion en cage. Elle allait dans sa chambre, s'allongeait dans son lit, se relevait, allait s'asseoir sur le canapé, puis retournait dans sa chambre.

— Ça ne vas pas, mademoiselle ? lui demanda à un moment Murielle. Vous avez l'air agitée.

— Tout va bien, Murielle, la rassura Jade. Je suis en effet un peu agitée, mais rien de grave, ne vous en faites pas.

Murielle retourna dans la cuisine. Jade était-elle parvenue à la rassurer ? Rien n'était moins sûr. Mais il était évident que la dame de compagnie se posait des questions : d'abord, le salon sens dessus dessous. Maintenant, sa patronne qui était agitée. Forcément, pour elle, il se passait quelque chose de bizarre ici ! Et le temps semblait s'étirer ! Jade avait l'impression que cela faisait une éternité qu'elle attendait. Mais attendait quoi au fait ? Que Murielle s'en aille ? Elle regarda l'heure qu'il était. Onze heures moins le quart. Seulement ! elle avait l'impression que quatre heures étaient passé ! Soudain, on sonna à la porte. Qui cela pouvait-il bien être ? Elle alla ouvrir et fut surprise de découvrir Rémi sur la pas de la porte. Elle s'exclama :

— Rémi ? Quelle surprise !

— Salut, couz, répondit celui-ci. J'avais envie de te voir. Tu es occupée ? Je peux rentrer ?

— Murielle est là, mais oui, bien sûr, entre !

— Jour m'dame, dit Rémi en voyant la dame de compagnie.

Ils se dirigèrent tous deux dans le salon et Rémi s'affala comme à son habitude dans le canapé.

— Je peux t'offrir quelque chose à boire ? lui demanda Jade.

— Si tu as une bière…

La jeune femme se dirigea alors vers la cuisine ouverte et sortit une bouteille de bière pour son cousin et un soda pour elle ; en effet, elle voulait garder les idées claires lorsqu'elle chercherait les clefs du tiroir. Elle vint le rejoindre dans le salon.

— Alors, couz, comment ça va ?

— Eh bien, un peu mieux, oui. Je recommence à avoir de l'appétit.

— C'est bien ça...

— Et j'ai un nouveau petit copain !

À ces mots le visage de Rémi se rembrunit.

— Mais ne t'inquiète pas, poursuivit Jade, tu resteras toujours mon cousin préféré !

Le visage de Rémi se fendit d'un large sourire et il répondit :

— Toi aussi tu resteras ma petite cousine adorée !

— Alors, comment va ton père ?

— Il a beaucoup de peine pour toi. Il aimerait que tu passes quelque temps à la maison...

— Il me l'a déjà proposé. Tu le remercieras, mais pour l'instant je préfère rester ici.

— Pourquoi ?

Jade ne sût quoi répondre au départ. Elle ne voulait pas dire à son cousin qu'elle menait son enquête de peur qu'il en informe son père. Elle ne pouvait pas lui dire qu'elle devait rester ici, pour trouver de nouvelles preuves. Mais elle avait cependant une bonne raison de refuser. Elle dit :

— La police dois repasser pour prendre les carnets de mon père.

— Et après ?

— Je préférerai rester ici…

— Mais tu es seule ! Ce n'est pas bon…

— Je ne suis pas seule ! J'ai mon copain !

— Où ça ? Je le vois pas ici ! Viens à la maison, je pourrai m'occuper mieux de toi !

— Mais ce n'est pas vrai ! s'emporta-t-elle. Tu es vraiment comme ton père !

À ce moment-là, Jade comprit qu'elle venait de gaffer. Rémi jugeait son père responsable du départ de sa mère et refusait d'être comparé à lui, disant qu'il était différent et qu'il ne laisserait jamais partir la femme qu'il aimerait. Même s'il avait quitté lui-même ses copines. Il ne dit rien, mais se leva du canapé et se dirigea, la tête basse, vers la sortie.

— Rémi, dit doucement Jade, pardonne-moi. Mes paroles ont dépassé ma pensée.

Celui-ci n'eut aucune réaction.

— Rémi, s'il te plaît, reste. Je suis vraiment désolée ! Je ne voulais pas te blesser. S'il te plaît…

Il se retourna vers sa cousine ; cette dernière le regardait avec des yeux implorants.

— Si tu veux pas venir, accepterais-tu de passer une soirée ?

— Pardon ?

— Tu sais qu'avant, durant mes études, j'ai fait un CAP de cuisinier ? Est-ce que tu accepterais de passer manger un soir chez nous, si c'est moi qui fait la cuisine ?

Jade connaissait les talents culinaires de Rémi et il est vrai qu'il se débrouillait plutôt bien. Même très bien ! Jade était persuadée que ce dernier était fait pour travailler dans un grand restaurant !

— Tu choisis le jour, continua Rémi. Juste une soirée !

Jade réfléchit un petit moment avant de répondre :

— D'accord, dit-elle en souriant. Je te promets d'y réfléchir !

À ce moment-là, Rémi retrouva le sourire.

— Génial ! s'exclama-t-il. Tu pourras aussi emmener ton copain, si tu veux !

— On n'en est peut-être pas encore là, mais je te promets d'y réfléchir sérieusement.

— Je t'aime, couz !

— Tu m'en veux plus ?

— Aller, c'est oublier ! Mais je dois vraiment filer ! À un de ces jours, couz !

— À bientôt ! lui dit Jade.

Ils se firent la bise et son cousin enjamba sa moto. Elle retourna à l'intérieur et se mit à réfléchir. Une soirée ce n'était pas long ! Il lui suffisait juste de trouver un jour où elle n'aurait rien à faire. Elle décida d'y réfléchir plus tard.

— Mademoiselle, je vous ai fait à manger, cria Murielle depuis la cuisine.

Jade regarda l'heure : midi dix. De la cuisine s'échappait des effluves de riz, de saumon et d'une sauce au beurre et citron vert. Un délice ! Le poisson au riz blanc était la spécialité de Murielle ! Jade se rua dans la cuisine, attirée par les odeurs qui s'en échappaient.

— Ah ah, fit la dame de compagnie. Je sais comment vous rendre l'appétit, mademoiselle !

Murielle était contente de voir que Jade mangeait à nouveau. Elle avait d'ailleurs été surprise quand elle remarqua que la salade de maïs avait disparu.

— Vous prendrez un café à quatorze heures ?

— Oui, Murielle. Bien sûr.

Jade avait l'habitude de prendre un café entre quatorze heures et quatorze heures trente, pour rester bien réveillée. Et aujourd'hui, elle en avait tout particulièrement besoin.

— Je branche la cafetière, répondit Murielle, comme ça votre café sera chaud à l'heure prévue !

— Merci.

— Bon, j'y vais ! À dans deux jours mademoiselle !

— A bientôt Murielle. Merci pour le déjeuner !

Jade termina rapidement son assiette et attendit tranquillement sur le canapé qu'il était l'heure de prendre sa boisson habituelle. Elle aurait besoin de toute son attention pour retrouver la clef. Elle savait déjà où elle chercherait. Étant donné que la clef ne se trouvait pas dans le salon, elle ne pouvait se trouver qu'à deux endroits ! Et la jeune femme était prête à tout pour mettre la main dessus !

TREIZE

Après avoir bu son café qui l'avait reboosté, à quatorze heures, Jade entreprit de trouver la clef. Le premier endroit où elle décida de concentrer ses recherches était dans la table de nuit de son père. Elle entra dans sa chambre et se dirigea vers la table de chevet qui se composait de deux tiroirs. Elle ouvrit le premier qui était vide. C'était de celui-là que Murielle avait retiré la clef du bureau. Mais à présent, il ne contenait plus rien. Elle ouvrit le second. Elle y trouva un petit carnet avec un stylo. C'était là que son père notait les rêves dont il se souvenait pour avoir des idées. Mais elle eut beau fouiller le tiroir, la clef ne s'y trouvait pas. Bien ! Alors elle ne pouvait être que dans le bureau ! Elle s'y dirigea, ouvrit la porte et alluma.

La pièce sentait toujours le café et le tabac froid. Les volets étaient toujours fermés et Jade n'avait pas pensé à aérer la pièce. Elle prit le pot à crayons et le renversa. Elle trouva une gomme et un taille crayon. Mais pas la clef ! Jade souleva le sous-main en cuir. Elle y trouva plusieurs papiers, mais toujours pas de clefs ! Elle parcourut rapidement des yeux ce qui était écrit sur les papiers, mais ce n'était rien d'intéressant. Elle fouilla une dernière fois le premier tiroir, mais n'y trouva rien.

— Putain ! Où as-tu caché cette foutue clef ? cria Jade.

Elle se calma et réfléchit. Hier, elle avait retourné tout le salon et n'avait rien découvert. Donc la clef ne pouvait être qu'ici. Mais où ? Derrière les livres dans la bibliothèque ? Ou pire encore, dans un livre ? Elle ne se sentait pas de faire tomber tous les livres pour vérifier si la clef s'y trouvait. Ou de les feuilleter un par un ! Il y en avait trop ! Jamais elle ne la trouverait ! Cependant, elle ne voulait pas renoncer ! Surtout pas ! Elle n'aimait pas s'avouer vaincue ! Et elle savait que ce qu'il y avait dans ce tiroir, quoi que ce soit, revêtait une importance capitale ! Elle en était intimement persuadée. Il fallait qu'elle sache ce que c'était !

Ses yeux errèrent sur le bureau ; elle avait fouillé partout et rien découvert. Bon sang ! Où son père les cachait-il ? En tout cas, s'il s'était donné tant de mal pour les cacher, c'était bien que dans ce tiroir il y avait quelque chose et qu'il ne voulait pas que Jade tombe dessus ! Cela décupla la curiosité de la jeune fille ; elle tenta encore une fois d'ouvrir le tiroir, mais celui-ci ne bougea pas d'un pouce ! Elle souleva le clavier de l'ordinateur et l'écran. Peut-être que les clefs étaient cachées en dessous ? Rien ! Elle ne savait quoi faire ! De rage, les yeux brouillés de larmes de fureur, elle jeta tout le contenu du bureau à terre. Elle en avait assez ! Elle s'assit contre les tiroirs du bureau et fondit en larmes. Où étaient ces clefs ? Ces maudites clefs ?

C'est à ce moment-là qu'elle se souvint de son père qui ne cessait de dire que, quand on cherchait, on trouvait. Mais elle avait cherché partout ! Partout, vraiment ? Apparemment, non, étant donné qu'elle ne les avait pas trouvés. Elle pensa à Antonin. Peut-être que son compagnon pourrait lui suggérer de nouvelles pistes de recherches ? Elle allait lui téléphoner. Mais auparavant, elle décida de remettre sur le bureau ce qu'elle avait jeté au sol… et c'est là qu'elle découvrit la clef ! Elle était derrière la photo d'elle et de sa mère, maintenue par un morceau de scotch ! Elle n'aurait jamais pensé à regarder à cet endroit !

— Bravo papa ! murmura-t-elle. Bien joué !

Elle examina la clef. Elle était plate et argentée. Elle regarda la serrure. Elle correspondait tout à fait. Enfin ! Elle avait trouvé ce qu'elle cherchait ! Après tous ses efforts, ces derniers avaient été récompensés, même si la découverte avait été faite par hasard. Si elle n'avait pas jeté la photo à terre, elle n'aurait peut-être jamais trouvé la clef ! Elle introduisit fébrilement celle-ci dans la serrure. Elle émit un petit déclic. Le tiroir était déverrouillé ! Qu'allait-elle y découvrir ? Jade retint son souffle ; celui-ci grinçait un peu. Avec mille précautions, elle l'ouvrit lentement, comme si un animal dangereux allait en surgir… et elle jeta un œil dedans.

À l'intérieur, elle vit un dossier à couverture rouge, sans titre. Mais il n'y avait rien d'autre. Elle ouvrit le dossier ; celui-ci était rempli de coupures d'articles de journaux. Elle prit le premier et lut : « Mort de Lucie Niourk. Assassinat ou suicide ? » Qu'est-ce que cela voulait dire ? Elle referma le dossier et l'emmena dans sa chambre avec la ferme intention de l'étudier à tête reposée. Elle avait compris que le dossier parlait apparemment de la mort de sa mère. Qu'il aurait pu s'agir d'un suicide ou même d'un assassinat ! Jade ne croyait pas à la thèse du suicide. Son père lui avait toujours dit qu'il s'agissait d'un accident de voiture. Un accident voulu, étant donné qu'on parlait d'un assassinat ? Elle posa le dossier sur son lit, s'allongea et lut le premier article de presse… Qu'allait-elle apprendre ?

QUATORZE

Cela faisait un quart d'heure que Jade lisait les articles présents dans le dossier. Elle n'arrivait pas à le croire ! Comment l'homme en qui elle avait eu totalement confiance, qui croyait qu'il n'avait aucun secret pour elle, à savoir son père, avait-il pu lui mentir à ce point ? Car elle venait d'apprendre la vérité. Sa mère n'était pas morte dans un accident de voiture, comme il le lui avait dit, mais en tombant du haut de l'escalier qui menait à la mezzanine dans leur ancienne maison. Pourtant, elle se souvenait de ce jour où, alors qu'elle avait huit ans, elle était rentée de l'école. Son père était assis, seul, sur le fauteuil du salon. Elle lui dit un petit « salut » en passant à côté de lui et alla dans sa chambre. Là, elle appela sa mère pour qu'elle l'aide à faire ses devoirs. Comme celle-ci ne répondait pas, elle alla voir son père au salon.

— Où est maman ? demanda-t-elle à Victor.

— Maman est partie, répondit ce dernier d'une voix éteinte.

— Bon, je vais attendre qu'elle revienne, dit alors Jade qui s'apprêtait à regagner sa chambre.

— Jade, attends ! dit son père.

Il l'invita à s'asseoir sur ses genoux et lui dit :

— Écoute, maman ne reviendra pas.

— Vous vous êtes fâché ? demanda Jade.

— Jade, maman est morte !

À ce moment, la fillette devint toute blanche. Elle comprit qu'elle ne reverrait plus sa mère. Elle descendit précipitamment des genoux de son père et se réfugia dans sa chambre pour pleurer. Elle avait été retirée ensuite de l'école pendant une semaine. Un mois plus tard, alors que sa mère avait été enterrée, elle avait demandé à son paternel de quoi était morte cette dernière. Celui-ci lui avait dit qu'elle était morte dans un accident de la route, qu'elle roulait vite et que quelqu'un lui avait coupé la priorité. Que sa mère était morte sur le coup. Et qu'il n'était plus question d'en parler, que le mal était fait et qu'il ne voulait plus rien entendre. Ainsi, elle n'aborda plus jamais le sujet avec son père qui n'en parlait jamais non plus. Et aujourd'hui, elle apprenait que sa mère avait retrouvé morte par ce dernier dans leur ancienne maison et que la police avait même mené une enquête ! L'affaire avait finalement été classé en suicide.

Mais Jade ne croyait pas à son suicide ! Lucie était la joie incarnée, une femme joyeuse, dynamique. Elle avait promis à sa fille de ne jamais l'abandonner ! Elle ne pouvait pas lui avoir menti, avoir décider de retirer sa parole ! Non ! Elle avait été poussée. La thèse de l'accident ne tenait pas debout non plus. Elle regrettait juste de ne pas avoir les résultats des interrogatoires que la police avait menés chez les voisins. Mais la plupart ne devaient rien savoir, sans doute étaient-ils absents à ce moment-là. Elle était persuadée que sa mère avait été assassinée ! Mais là aussi, pourquoi ? Était-ce le même meurtrier qui avait tué sa mère et son père ? Elle avait appris la vérité sur la mort de sa mère — son père comptait-il la lui dire un jour ? — mais elle n'avait rien appris sur l'identité de son tueur. Elle éclata en sanglots. Pour sa mère. Pour son père. Pour le fait qu'il lui ait menti.

Elle se demandait ce qu'avait bien pu faire sa mère pour que quelqu'un décide qu'elle n'ait plus droit de vivre. Elle était infirmière, était-ce lié ? L'assassin, était-il un ancien patient mécontent ? Le proche d'un patient qu'elle n'avait pas réussi à sauver ? Toutes ces questions se bousculaient dans sa tête. Et pourquoi avoir tuer son père des années plus tard ? Il y avait un mystère qu'elle n'arrivait pas à éclaircir. Elle commençait à avoir mal aux yeux à force de lire les articles écrits en petites lettres. Finalement, elle se leva et alla dans la cuisine se chercher un verre d'eau. Elle décida de téléphoner à Antonin. Elle l'appela avec son téléphone portable.

— Salut, ma biche, dit ce dernier en décrochant après la troisième sonnerie.

— Salut, j'espère que je ne te dérange pas…

— Non, ça va. Je viens de finir.

— Tu pourrais passer ce soir ? J'ai besoin de parler ; j'ai fait plein de découvertes.

— Je suis désolé, mais ça va pas être possible ce soir… Mais demain soir si tu veux ?

— D'accord, demain. Tu pourras dormir chez moi ?

— Je vais voir. Bon, je suis désolé, il faut que je te laisse. À demain Jadoue !

— À demain. Je t'aime !

Antonin raccrocha.

Jade était déçue que son copain ne puisse venir ce soir. Elle avait tant de choses à lui raconter. Elle avait fait tant de découvertes sur sa mère aujourd'hui. Et elle avait besoin d'en parler ! Pas à son cousin. Pas à son oncle. Seulement à Antonin en qui elle avait une totale confiance ! Lui, il était au courant qu'elle cherchait réellement des réponses et la soutenait. Elle avait l'impression que le jeune homme la comprenait ; et cela lui faisait un bien fou. Elle regarda par la fenêtre. L'obscurité commençait à envahir le paysage et de menaçants nuages s'amassaient à l'horizon. Peu à peu, les lumières de la ville commencèrent à s'allumer. Jade décida de se préparer à manger. Elle se fit chauffer une soupe aux micro-ondes et mangea tout en regardant la télévision, comme elle et son père le faisaient le week-end.

Caché dans l'ombre, un garçon observait la maison de Jade. Il avait tué une nouvelle fille. Une certaine Laetitia. Bientôt, ce serait le tour de Jade. Il avait hâte d'avoir une relation sexuelle et finir par s'abreuver du sang de celle qu'il aimait à la folie. Jade serait sa dernière victime. Oui, il était dingue de cette fille. Au point de boire son sang ! Chaque jour il remerciait Dieu de l'avoir mise sur son chemin. De lui avoir permis de la côtoyer ! Bientôt, son rêve allait se réaliser ! Devenir vrai ! Bien sûr, il devrait peut-être la convaincre, mais il se faisait confiance ! Il avait séduit tant d'étudiantes depuis tout ce temps ! Jade ne lui résisterait pas longtemps ! Bientôt, il serait comblé…

QUINZE

Quand Jade se leva, il pleuvait abondamment. Il n'y avait pas eu de vent cette nuit, permettant aux nuages noirs de s'installer. La pluie était prévue pour toute la journée ! Mais malgré cela, Jade était heureuse ! Son copain devait venir la voir et peut-être même passer la nuit chez elle ! Quel bonheur ! Elle avait hâte de sentir à nouveau ses bras se fermer autour d'elle, sa bouche rencontrer la sienne. Il n'y avait pas de doute, elle était follement amoureuse de ce garçon. Et être amoureuse était un sentiment formidable, mais l'absence de l'autre se faisait cruellement sentir. Perdue dans sa rêverie, Jade oublia ses œufs qui étaient sur le feu. Quand elle s'en rappela, il était trop tard.

— Tant pis, dit-elle. Je me contenterai d'un simple café !

Elle se demanda de ce qu'elle pourrait faire en attendant l'homme de sa vie qui devait venir dans la soirée. Continuer son enquête, bien sûr, mais que chercher ? Des réponses bien entendu ! Elle réfléchit à l'endroit où elle pourrait peut-être trouver des réponses quand une idée lui vint ; les carnets de son père ! Il y mettait des notes et des idées pour ses romans. Si, comme elle le pensait, ce dernier était en train de préparer un nouveau roman avant sa disparition, elle devrait retrouver son carnet ! Peut-être aurait-elle plus d'informations sur ce qu'il faisait ces derniers temps ? Elle se posa aussi une autre question : apparemment, son père avait composé le dossier sur la mort de Lucie dès le début, en découpant les articles de presse des journaux de l'époque. Pour quelles raisons ? Et que comptait-il faire de ce dossier ? Le léguer à Jade le jour de sa mort ? Mais pourquoi n'avait-elle pas eu le droit de le savoir avant ? Que pouvaient encore lui cacher ses parents ? Une autre question lui taraudait l'esprit : devait-elle mettre la police au courant de ses découvertes ? elle hésita et décida de garder cela pour elle pour le moment.

Une fois habillée elle pénétra dans le bureau de son père et se dirigea directement là où étaient classé ses carnets. Autant les consulter avant que la polie ne revienne les embarquer ! Elle savait que son père les rangeait pas ordre de dates et se saisit donc du dernier. Il portait bien la date de cette année. Elle l'ouvrit et commença à lire ce que son père avait écrit : « le 13 septembre, 2008 ma femme, Lucie, a été assassiné. Durant tout ce temps, j'ai recueilli le plus d'indices possible sur cette affaire. Mon but est de retrouver l'assassin… »

Jade ne continua pas sa lecture. Elle avait tout compris ! Le dossier : c'était pour avoir le plus de renseignements possible sur l'assassinat de sa mère. Il recherchait le criminel ! C'était donc ça qu'il faisait tout ce temps dans son bureau : des recherches ! Toutes les pièces du puzzle se mettaient en place. Voilà, selon elle, l'erreur qu'avait commise son père : rechercher le responsable de la mort de sa femme ! Et cette erreur lui avait été fatale ! On l'avait tué parce qu'il recherchait le meurtrier ! Et qui l'avait tué ? Ce dernier, tout simplement ! Victor avait dû lui parler de son enquête par hasard et, craignant d'être démasqué, l'assassin l'avait tué. C'était donc le même homme qui avait supprimé son père et sa mère. Restait à savoir qui c'était, car Jade ignorait à qui son père avait parlé de rouvrir l'enquête. Mais elle, en tout cas, n'était pas au courant ! Elle avait appris plein de choses grâce à ce carnet ! Devait-elle en parler à la police, à moins que son père ne soupçonnât déjà quelqu'un ? Elle le parcourut rapidement, mais aucun nom ne sortit. Non, c'était à elle de découvrir de qui il s'agissait ! Cette fois, Jade était déterminée à mener l'enquête ! Pour reprendre le flambeau de son père ! Elle décida de consacrer son après-midi à lire le carnet. Il devait sans doute avoir des tas de choses à lui appendre. Elle vit qu'il y avait une liste de noms avec des numéros de téléphone et des dates, des citations des articles de presse, des résumés sur les résultats de ses recherches de la semaine ; mais très peu de pages étaient remplies. Il n'avait pas dû avoir le temps de trouver grand-chose. Elle décida de garder le carnet pour y marque à son tour ses conclusions sur ses recherches. C'était à elle de reprendre l'œuvre inachevée de son père !

Après s'être préparé un sandwich qu'elle mangea en vitesse, elle retourna dans sa chambre pour lire avec attention le carnet, impatiente de voir ce qu'il pourrait lui apprendre de plus. Elle avait complètement oublié Antonin, complètement obnubilée par les découvertes qu'elle venait de faire. Elle avait maintenant la preuve que le tueur de sa mère et de son père était la même personne ! C'était évident ! Il restait toutefois une dernière question : si elle comprenait pourquoi ce dernier avait tué son père, elle ignorait encore pourquoi ce dernier s'en était pris avant, à sa mère. Elle espéra que le carnet répondrait à cette question ; elle en commença donc la lecture. Un grand silence régnait dans la maison. Jade n'aimait pas le silence. Cela la mettait mal à l'aise, lui donnait l'impression d'être seule au monde ! Elle aimait savoir qu'il y avait du monde autour d'elle. Mais en ce moment, elle ne le remarqua pas, plongé dans sa lecture !

Jade lisait depuis plusieurs minutes, mais découvrit que son père n'avait pas appris grand-chose qu'elle ne soupçonnait déjà. Elle observa avec attention une liste de noms avec un numéro de téléphone. Toutes les lignes étaient barrées sauf la dernière. Elle lut les noms et certains lui semblaient familiers. Où les avaient-elles déjà entendus ? Elle se creusa la tête, mais ne parvint pas à se souvenir. À quoi correspondait cette liste de noms ? Des suspects ? Elle regarda le dernier nom, celui qui n'était pas barré ; et celui-là, elle savait à qui il appartenait ! Il s'agissait de Bruno Sola, leur ancien voisin, un écrivain de livres pratiques, qui connaissaient bien son père et qui gardaient parfois Jade quand ce dernier était absent le soir et que sa mère avait disparu.

Bruno Sola allait souvent rendre visite à Victor, prendre un café et parler de leurs idées, de se donner des pistes d'écriture. Les deux hommes avaient rapidement sympathisé. Bruno était célibataire, sans enfants, mais adorait Jade qu'il laissait souvent jouer avec son chien dans le jardin. Après la mort de Lucie et qu'ils avaient déménagé, Jade avait eu de la peine de laisser Yusky, le chien, derrière elle. Depuis, elle n'y avait plus pensé. Mais là, les souvenirs l'assaillaient. Elle se demanda pourquoi son père avait marqué son nom et son numéro de téléphone dans son carnet.

Elle jeta un coup d'œil à sa montre et vit qu'il était cinq heures moins le quart. Antonin ! Elle l'avait complètement oublié ! Il n'allait pas tarder à arriver ; vite, elle se leva et fila passer sous le jet avant de prendre de nouveaux vêtements. Tandis qu'elle se préparait, elle continuait à penser à cette liste de noms. À quoi correspondaient-ils ? Peut-être qu'Antonin aurait une idée ? Car elle comptait bien lui en parler ; elle l'aimait et voulait être sincère avec lui ! De plus, elle pensait qu'être deux sur l'enquête était mieux qu'être seul ; il fallait juste savoir jusqu'où Antonin était prêt à s'investir. Mais elle pensait qu'il ferait son possible pour l'aider malgré son boulot. Elle était maintenant impatiente qu'il arrive ! Ils allaient sûrement passer une superbe soirée ! Elle espérait qu'il pourrait à nouveau dormir chez elle ! La jeune femme regrettait juste que son père ne soit plus là, pour le lui présenter. Car elle savait que c'était vraiment sérieux entre eux !

Elle se souvint de ce que sa mère et son père lui avaient raconté, comment ils s'étaient rencontrés la première fois. C'était lors d'une sortie entre amis qu'ils s'étaient connus. Le courant était très bien passé entre eux et ils se revirent de nouveau de temps à autre, quand ils étaient libres. Et, de sorties en sorties, ils tombèrent amoureux, alors qu'aucun d'eux ne s'y était attendu. Ils s'étant marié quelques années plus tard, quand ils avaient vingt-six ans. Jade était née quand ils avaient la trentaine. Cette histoire avait fait rêver Jade qui espérait elle aussi rencontrer un garçon. Mais pas dans l'immédiat, après ses études, quand elle aurait un métier. Mais apparemment, l'amour avait frappé plus tôt ! Mais ce qui l'étonnait le plus, c'était qu'elle avait rencontré son copain de la même manière que Victor et Lucie s'était rencontrée, lors d'une sortie entre amis !

Jade acheva de se prépare et de mettre la maison en ordre. Elle rangea aussi le carnet dans sa table de nuit ; ils y jetteraient un œil plus tard. Pour le moment, elle voulait profiter un maximum de son copain ! Antonin ! Son nom lui semblait magnifique ! Oui, elle en était pas follement amoureuse, mais complètement dingue, complètement addict ! Elle ne se voyait pas vivre sans lui ; son cœur ne battait que pour ce garçon. Et elle espérait que c'était réciproque. Faisait-elle une erreur de s'amouracher de ce garçon ? Pour l'instant, elle s'en fichait ! Elle voulait profiter de lui au maximum, se sentir vivre ! À six heures, on sonna à la porte. Antonin était arrivé. Jade se précipita à la porte pour lui ouvrir ! Elle n'ouvrit cependant pas tout de suite, jetant un rapide coup d'œil à son reflet dans la vitre et s'arrangea rapidement les cheveux ; pour lui, elle devait être parfaite dans sa présentation ! Des tas de sensation l'assaillirent alors qu'elle se jetterait dans ses bras, que leurs lèvres et langues se rencontreraient, qu'elle redécouvre la douceur de la peau de son compagnon qui refermerait ses bras sur elle. Elle prit la poignée et ouvrit la porte.

SEIZE

Aussitôt la porte ouverte, Jade se jeta dans les bras d'Antonin et l'embrassa longuement avant de l'inviter à entrer. Ils s'assirent au salon. Jade proposa un soda à Antonin qui accepta. Elle en prit aussi un pour elle. Alors qu'elle revenait avec un plateau sur lequel se trouvaient les deux canettes et deux verres, le jeune homme lui demanda :

— Tu ne sais pas la nouvelle ?

— Non…

— Deux autres étudiantes ont été retrouvées mortes ! Et la police n'a toujours aucune piste. À mon avis, l'assassin s'amuse avec eux !

Jade ne répondit pas. Étant donné qu'elle ne connaissait pas ces filles, cela ne la touchait pas vraiment.

— Alors, demanda-t-il, où en sont tes recherches ?

— J'ai plein de choses à te raconter. Tout d'abord, j'ai décidé de mener mon enquête.

— Ah !

— Serais-tu prêt à m'aider ?

— Bien sûr, ma biche, tout ce que tu voudras.

— Merci, mon canard, dit-elle sur le même ton.

Cela les fit rire. Puis ils reprirent leur sérieux.

— Alors, qu'as-tu à me raconter sur ton enquête ?

— Plus tard. J'ai d'abord envie de profiter que tu sois là, discuter d'autre chose pour oublier un peu.

— OK, je t'écoute Jadoue.

Jade fit prise au dépourvue. Elle ne savait pas trop quoi dire. Elle garda le silence un moment, réfléchissant à ce qu'elle pourrait dire avant de lui demander :

— Tu dors ici, ce soir ?

— Oui, ce n'est pas un problème pour mes parents que j'ai une petite copine. C'est juste, qu'ils aimeraient bien te rencontrer un jour.

Le visage de Jade s'assombrit. Ce n'est pas qu'elle ne voulait pas rencontrer les parents d'Antonin, mais comment ces derniers réagiraient-ils s'ils savaient que Jade était désormais orpheline ? Elle avait de la peine aussi de ne pouvoir présenter Antonin à son père. Celui-ci remarqua que son visage avait changé.

— Ça pose un problème ? demanda-t-il.

— Non, non, c'est juste que c'est trop rapide, je trouve…

— Pas de problèmes, on prendra notre temps… Tout le temps qu'il te faudra !

— Merci. Je regrette aussi de ne pouvoir te présenter à mon père.

Antonin ne répondit pas. Il n'avait perdu aucun de ses parents récemment, aussi n'était-il pas sûr de ressentir la blessure de la jeune femme et préféra s'astreindre de tout commentaire. Jade garda elle aussi le silence un petit moment. Elle se mit à repenser à son père et cela lui fit monter les larmes aux yeux. Elle chassa ses dernières d'un revers de la main, s'essuya la bouche.

— Quels vêtements as-tu emmenés ce soir pour me chauffer ? dit-elle en se dirigeant vers le sac qu'avait apporté Antonin et en ouvrant ce dernier.

— Jade, attends ! cria son copain.

Mais c'était trop tard. Sous les yeux de la jeune femme reposait un t-shirt ensanglanté ! Jade devint toute pâle.

— Que... qu'est-ce que c'est... balbutia Jade.

Soudain, elle comprit. C'était Antonin, son petit copain, qui assassinait les étudiantes ! Elle ignorait pourquoi, mais c'était lui ! Elle en était certaine ! Ce t-shirt ensanglanté en était une preuve, il avait tué une fille récemment et il gardait ce t-shirt comme un trophée ! Elle resta immobile, incapable de dégager son regard du t-shirt. Les mots d'Antonin la ramenèrent à la réalité.

— Jadoue, il faut que je t'explique...

— M'expliquer quoi ? dit-elle d'une voix basse. Pourquoi tu tues des étudiantes ?

— Jadoue, ne gâche pas une si belle soirée, se désola Antonin.

Il fit un pas vers elle, mais elle recula.

— Ne m'approche pas, assassin !

— Mais Jadoue... Laisse-moi t'expliquer...

Antonin avait une voix tellement douce et calme qui glaça la jeune femme. Pourtant, il n'avait pas un regard de fou ou de tueur. Il avait un regard calme, apaisant. Jade fut prise de terreur et courut dans le couloir en verrouillant la porte derrière elle. Elle vit la poignée s'actionner, preuve qu'Antonin essayait de la rejoindre. Jade était terrifiée. Si le jeune homme parvenait à défoncer la porte, qui sait ce qu'il lui ferait ! Elle ne voulait pas finir la gorge tranchée et mutilée comme les autres filles. Elle attrapa le téléphone mural et appela la police.

— Police nationale, j'écoute.

— Ici Jade Niourk. Je pense savoir qui a tué les étudiantes. Et le meurtrier est chez moi !

— On vous envoie une équipe ! répondit la voix.

De l'autre côté de la porte, Antonin avait cessé de tripoter la poignée, mais essayait de faire sortir Jade en lui parlant.

— Jadoue, je ne te ferais pas de mal ! Ouvre ! Laisse-moi t'expliquer !

— Va-t'en, Antonin ! hurla-t-elle.

Mais le jeune homme ne comptait pas partir sans avoir pu s'expliquer avec la femme qu'il aimait. Il resta donc devant la porte avec la ferme intention de la convaincre à ouvrir. Il voulait qu'elle puisse voir ses yeux quand il lui expliquerait pourquoi il avait un t-shirt ensanglanté dans son sac, afin qu'elle comprenne qu'il disait la vérité. Il continua à parler à Jade. Mais il savait que celle-ci était têtue et sans doute terrifiée qu'il lui fasse du mal ! Il commençait à perdre patience ! Cependant, il ne voulait pas s'énerver pour ne pas affoler la jeune femme.

— Va-t'en ! cria à nouveau Jade. J'ai appelé la police !

— Jade, je ne bougerai pas de là tant que tu ne m'auras pas ouvert !

Jade se laissa tomber contre le mur derrière elle et se mit à pleurer.

— Jadoue ! Fais-moi confiance ! Je n'ai rien à voir avec les meurtres de ces étudiantes !

— Je ne sais plus en qui avoir confiance, pleura Jade. Même mon père m'a menti !

— Mais pas moi, Jade ! Je ne te mens pas !

— Mais comment savais-tu que deux nouvelles étudiantes avaient été tuées, alors ?

— La télévision, Jade. Tu ne regardes pas les informations ?

Jade ne répondit pas. Elle ne savait plus qui croire. Antonin semblait honnête, mais elle savait que ce pouvait juste être une illusion ; son père aussi lui semblait sincère quand il lui disait qu'il ne lui cachait rien, alors qu'il avait menti sur la mort de sa femme. Jade lui dit :

— Si ce n'est pas toi, explique-moi ce que faisait ce t-shirt dans ton sac !

— D'accord. Mais d'abord, ouvre-moi !

Jade ne répondit pas.

— Si tu n'ouvres pas, j'enfonce cette porte ! s'énerva Antonin.

Le fait qu'il s'était mis à crier terrifiait encore plus la jeune femme ; cet homme était fou ! Pourquoi tenait-il tant à entrer si ce n'était pas pour lui faire du mal ?

— Pourquoi Antonin ? Pourquoi veux-tu entrer ? cria Jade.

Elle n'eut pas de réponses. Le jeune homme était-il parti ? Alors qu'elle s'approchait de la porte pour tenter d'écouter ce qui se passait à travers, un violent coup s'abattit contre le battant. Jade fit un saut en arrière. Un deuxième coup ! Il avait dû trouver un objet avec lequel frapper sur la porte. À chaque nouveau coup, Jade sursautait. La porte risquait de ne pas tenir longtemps ! Alors qu'elle se décida à se cacher dans sa chambre, une voix éclata derrière Antonin :

— Plus un geste !

Le jeune homme jeta un œil derrière lui. Il vit Colt, qui le pointait de son arme, accompagné de deux gardiens de la paix. Antonin lâcha la batte de base-ball qu'il utilisait pour tenter de forcer la porte, et leva les mains. Aussitôt, un des policiers en uniforme lui passa les menottes.

— Mademoiselle Niourk, cria Richard Colt. Tout va bien ? Vous êtes blessée ?

Jade ouvrit timidement la porte du couloir. Là, elle vit Antonin qui la regardait, les yeux pleins de tristesses, menotté les mains derrière le dos, et maintenus par un gardien de la paix. Jade ignorait si elle devait ressentir de la pitié ou de la haine envers lui. Elle dit simplement à Richard Colt :

— Vérifiez son sac.

Le lieutenant s'exécuta et sortit le t-shirt ensanglanté et le mit devant les yeux du jeune homme en disant :

— C'est quoi ça ?

— Je peux vous expliquer, dit Antonin.

— Tu nous expliqueras tout ça au poste ! Allez, on l'embarque !

Jade regarda le policier conduire Antonin à l'extérieur de la maison et le mettre dans une voiture de police dont les gyrophares clignotaient.

— Vous avez besoin de quelqu'un, mademoiselle Niourk ? demanda Richard.

Jade hésita. Devait-elle dire au policier ce qu'elle avait découvert ces derniers jours ? Mais, fatiguée et choquée, et voulant être seule elle préféra ne rien dire de ses découvertes et répondit :

— Non, je vais appeler mon cousin. Merci pour votre intervention.

Une fois seule, Jade ne put s'empêcher de fondre en larmes en s'effondrant dans le canapé. Elle était complètement perdue. Elle avait besoin de parler à quelqu'un de ce qui venait de lui arriver. Elle avait directement pensé à Rémi. Il avait toujours été là pour elle et très protecteur. Et si elle lui disait qu'elle menait une enquête après tout ? Il avait le droit de savoir et peut-être la comprendrait-il ? Si c'était le cas, elle lui parlerait de ses découvertes, sinon, elle ne dirait rien. Elle se releva et alla dans sa chambre prendre son téléphone portable pour appeler Rémi. Il arriva quelques minutes plus tard. À peine avait-il sonné qu'elle se jeta en pleurs dans ses bras. La soirée qu'elle avait pensée romantique s'était transformée en une soirée de cauchemar et de désespoir. Son cousin l'entraîna vers le canapé où il s'assit à ses côtés.

— Pleure, couz, pleure. Ça fait du bien ! Et je suis là pour parler si besoin.

Il lui caressa les cheveux, comme l'avait fait son oncle lors du décès de son père. Elle se blottit plus fermement dans ses bras. Son corps était secoué de sanglots. Elle tremblait aussi un peu. Rémi la prit plus fermement, essayant de la réchauffer.

— Je l'aimais, sanglota-t-elle. Je l'aimais tellement...

— Tout va bien, couz. Tu es en sécurité maintenant ; si tu veux, j'annulerai mon rendez-vous avec ma cop pour passer la nuit chez toi...

— Merci d'être là.

— Je serais toujours là pour ma couz adorée !

Les deux cousins restèrent un moment dans les bras l'un de l'autre. Puis Jade se redressa. Elle avait besoin de parler de ce qu'elle ressentait pour Antonin, mais aussi de ce qui s'était passé. Et après, elle lui parlerait de son enquête. Sa décision était prise ; il avait le droit de savoir ! Elle lui demanderait juste de ne pas en parler à Simon...

DIX-SEPT

Jade avait les yeux remplis de larmes, mais ne sanglotait plus. Elle était assise à côté de son cousin, sur le canapé.

— Tu vois, je l'aimais, expliqua-t-elle. Je lui faisais confiance ! Je n'aurai jamais imaginé qu'il puisse être l'assassin !

— Parfois, on croit connaître quelqu'un alors que ce n'est pas le cas, répondit Rémi.

— Mais quand même ! Je l'aimais !

— Oublie-le, couz. Il a fait du mal, et maintenant il va payer !

— Je crois que je l'aime encore…

— Quoi ? Un assassin ? Tu l'aimes ?

— C'est plus fort que moi ! Et puis, il a tué des filles que je ne connaissais pas. Ce n'est pas lui qui a tué mon père !

— Et tu le protèges en plus ! Je te reconnais pas, Jade ! Tu te rends compte qu'il a peut-être tué des gens !

— Tu le dis toi-même ! Peut-être ! Et s'il n'avait rien fait de mal ?

— Et le t-shirt avec du sang que tu as retrouvé ?

— Je n'en sais rien, dit Jade après un silence.

Rémi ne dit plus rien un instant puis reprit :

— Jade, ton père est mort et je comprends que t'as besoin d'affection. Mais là, tu es tombé sur la mauvaise personne !

— Ce n'est pas terrible pour une première fois, dit-elle avec un petit sourire triste.

— Tu vois, à ce niveau-là on fait tous des erreurs.

— Mais j'ai du mal à croire qu'Antonin soit un assassin ! Je l'ai jugé trop vite ! S'il est innocent, il ne me pardonnera jamais ! J'ai tout foutu en l'air…

— Et s'il est coupable ?

Jade ne répondit pas. Elle ne parvenait tout simplement pas à le croire. Elle se blottit contre son cousin qui passa un bras autour de ses épaules. Elle versait des larmes. Puis elle se décida à lui parler de son enquête. Elle prit une grande inspiration… et soudain s'arrêta. Elle n'était pas sûre de ce qui était en train de passer. Elle sentait que, de sa main libre, son cousin lui palpait les seins ! Elle se libéra aussitôt de son étreinte et se leva.

— Mais qu'est-ce que tu fais ! s'indigna-t-elle.

Son cousin baissa la tête et ne répondit pas.

— Mais je rêve ! Tu m'as peloté !

— Excuse-moi Jade, je pensais que…

— Que quoi ? Que parce que j'étais malheureuse, tu pouvais me toucher ? Mais ça va pas ? Tu es mon cousin quand même !

— Je suis désolé, Jade ! Je…

— Va-t'en ! Va-t'en ! Je ne veux plus te voir ! Je veux être seule. Va-t'en !

— Oui... Je vais aller voir ma cop…

— Tu as raison ! Elle, tu pourras la peloter !

Elle mit son cousin à la porte et ferma cette dernière à son nez ! Elle entendit ensuite le moteur de la moto de ce dernier démarrer. Elle était sous le choc, ne parvenant pas à y croire ! Son cousin l'avait bel et bien peloté ! Mais pour qui se prenait-il ? Elle n'aurait jamais imaginé ça de lui ! Quel cochon ! Quel porc ! Bien que son cousin l'ait touchée à travers les vêtements, elle se sentait salie ! Souillée ! Il lui faudra un moment pour qu'elle lui pardonne son geste ! Elle mit ses vêtements au lavage et décida de prendre un bain. Le contact de l'eau chaude sur sa peau lui fit du bien ; elle s'immergea complètement dans l'eau laissant dépasser sa tête et ferma les yeux.

La fenêtre de la salle de bain était ouverte et elle entendit le hululement d'une chouette. Tout semblait calme et paisible. Hormis le chant des cigales, tout était silencieux. Le chant de insectes nocturnes acheva de calmer Jade dont le cœur battait la chamade. Elle se sentait bien. Détendue. Tous ses soucis, toutes ses questions disparurent. Sauf le souvenir d'Antonin. En pensant à ce dernier elle se mit à sangloter. Oui, s'il était innocent, elle avait tout foutu en l'air en le dénonçant. Peut-être aurait-elle dû accepter d'écouter ses explications avant de s'enfermer et d'appeler la police. Mais, d'un autre côté, si c'était bien lui l'assassin, dans le doute, elle avait peut-être échappé à une mort certaine ?

Jade remarqua que son cousin ne lui avait pas laissé le temps de lui parler de son enquête. Tant pis pour lui ! Elle était vraiment fâchée et dégoûtée contre lui ! Elle ne parvenait pas à se défaire de cette image de son cousin la pelotant ! Quel porc ! Décidément, à part Antonin, tous les garçons étaient les mêmes, ne pensant qu'a toucher les filles ! Elle avait espéré que son cousin serait différent, mais s'il allait jusqu'à toucher sa cousine, c'était mal parti. Mais qu'est-ce qu'il s'imaginait ? Avoir une relation sexuelle avec elle ? C'était dégoûtant ! Elle se vit un instant en train de faire l'amour avec son cousin. Une grimace de dégoût s'afficha sur son visage. C'était de l'inceste ! C'était dégoûtant ! Dégueulasse !

Quand elle sortit de l'eau, elle fila dans sa chambre, passe sa nuisette et s'allongea. Elle garda les yeux ouverts un long moment. Elle songea même à allumer, relire le carnet de son père, mais ne le fit pas. Avec ce qui venait d'arriver, elle ne parviendrait pas à se concentrer ! Elle finit par s'endormir d'un sommeil léger.

DIX-HUIT

Le lendemain matin, quand Jade se réveilla, un fort vent d'est chassait les quelques nuages qui s'étaient amassés durant la nuit, et le lever de soleil, teintant le ciel de lueurs rouges et oranges étaient magnifique. Mais la jeune femme n'avait pas oublié ce qui s'était passé hier ; d'abord les soupçons qu'elle portait sur Antonin. Ensuite, son cousin qui avait osé lui toucher les seins. Cet épisode la mettait hors d'elle. Comment avait-il pu oser ? Profiter de sa détresse ! Cependant, elle regrettait l'absence de son petit copain ; l'était-il toujours ? Était-il encore en garde à vue ? Lui pardonnerait-il si elle s'était trompée sur son compte ? Toutes ces questions tourbillonnaient dans sa tête. Aujourd'hui, Murielle devait venir et Jade voulait s'ouvrir à elle. Depuis qu'elles se connaissaient, cette dame de compagnie était devenue sa confidente. Mais elle ne donnait jamais de conseils, se contentant d'écouter sa jeune patronne. S'ouvrir à elle lui ferait du bien.

Elle déjeuna rapidement et s'habilla. Le soleil commençait sa course dans le ciel quand on sonna à la porte. Jade regarda l'heure : huit heures trente. Qui pouvait-ce être ? Murielle venait toujours aux alentours de neuf heures. Elle ouvrit la porte et là, surprise ! Antonin s'y tenait. Ainsi, elle s'était trompée. S'il était là, c'est que la police l'avait relâché et qu'il était innocent.

— Antonin ! s'écria-t-elle.

Elle vint se lover dans ses bras.

— Tu es venu chez moi, murmura-t-elle à son oreille. Et tu m'as dit que tu m'aimais. Et j'ai douté de toi ! Excuse-moi… excuse-moi…

— Je ne te laisserais jamais tomber, Jade… répondit-il.

— Dis-moi juste pourquoi il y avait un t-shirt ensanglanté dans ton sac.

— En allant chez toi, j'ai trouvé un chaton blessé. Pour l'emmener chez le vétérinaire, je l'ai mis dans une de mes chemises. C'est pour cela qu'il y avait du sang ! Mais ça n'a servi à rien ! Il est mort en chemin.

— Pauvre chaton ! dit Jade.

— Et pauvre Antonin alors, qu'il a passé toute la soirée en garde à vue !

— Excuse-moi, répéta Jade

— Tu es pardonnée. Je ne te laisserais jamais tomber, répéta-t-il à la jeune femme.

Ses paroles lui rappelèrent celles qu'avait un jour prononcées sa mère et elle pleura de plus belle sur son épaule. Finalement, elle sécha ses larmes et le fit entrer dans le salon. Il s'installa dans un fauteuil tandis que sa copine lui servait un soda. Elle ne put s'empêcher de l'embrasser et ce dernier lui rendait ses baisers. Finalement, elle commença à défaire son haut pour offrir ses seins à son petit copain, tandis que ce dernier se défaisait de son t-shirt. Une fois les seins nus, Jade se pencha en arrière, offrant sa poitrine à son compagnon. Mais alors que ce dernier était en train de lui embrasser les tétons, elle eut aussitôt la vision de son cousin la touchant. Aussitôt, elle se redressa et cacha ses seins de ses bras.

— Excuse-moi, dit-elle, je ne peux pas !

— J'ai fait quelque chose de mal ?

— Non, ce n'est vraiment pas toi. Pour le moment je ne peux pas…

Elle n'osait pas dire à Antonin qu'hier son cousin l'avait touché par surprise, ignorant comment il réagirait. Non pas qu'elle ait peur que ce denier la rejette, mais qu'il ne décide de se battre avec Rémi. Et ça, elle ne le voulait pas !

— Prend ton temps, dit Antonin. Je saurais me montrer patient…

Elle le remercia puis se rhabilla, imitée par Antonin. Les deux amants se regardèrent un petit moment, ne sachant quoi dire.

— Bon, je vais rentrer, fit finalement Antonin.

— Non, reste ! Dors ici, s'il te plaît ! Même si on ne fait rien cette nuit, reste ici !

Le jeune homme parut hésiter un instant puis dit :

— D'accord.

Il lui fit un clin d'œil. Jade fut soulagée que son copain reste. Elle avait besoin de parler à quelqu'un de l'avancée de son enquête et ne voyait pas à qui d'autre elle pourrait en parler. Ils s'assirent donc face à face pour discuter.

— Attends, dit-elle.

Elle alla chercher le carnet qu'elle avait découvert dans la bibliothèque de son père ainsi que le dossier où se trouvaient les coupures des journaux sur la mort de sa mère. Elle les tendit à Antonin en disant :

— J'ai trouvé tout cela dans le bureau de mon père. Commence par regarder le dossier.

Le jeune homme s'exécuta.

— Incroyable ! s'exclama-t-il après avoir lu quelques articles. Ta mère est peut-être morte assassinée ! Tu étais au courant ?

— Pas du tout ! Ce dossier était enfermé dans un tiroir ! Je te raconte pas comment j'ai galéré pour trouver la clef !

— A ton avis, pourquoi te l'a-t-il caché ?

— Je n'en ai aucune idée !

— Et le carnet ?

— Attends, il faut d'abord que je te raconte ce que j'en ai déduit !

Jade chercha un instant ses mots avant d'expliquer qu'à son avis, l'assassin de son père et celui de sa mère était une seule et même personne. Quand son père avait décider de mener une enquête pour savoir qui avait tué sa femme, l'assassin l'avait appris d'une façon ou d'une autre, il donc avait assassiner son père pour ne pas être démasqué. Antonin écoutait son récit, fasciné. Ce qu'elle racontait était un vrai scénario digne d'un grand polar. Ce qu'elle n'arrivait pas à savoir, cependant, était pourquoi l'assassin avait tué sa mère. C'était l'une des questions qui restaient à éclaircir ainsi que de savoir qui était l'assassin. Pour l'instant la jeune femme n'en avait aucune idée.

— Je compte sur toi pour m'aider un peu, finit-elle.

— Tu peux compter sur moi. Et le carnet ?

— Eh bien, c'est là que j'aurais besoin de toi !

Jade lui passa le carnet. Tandis que le garçon le feuilletait, elle lui expliqua :

— Je l'ai déjà lu en entier. Et il y a une partie que je ne comprends pas. Peut-être pourrais-tu m'aider ?

Elle reprit le carnet et montra à son compagnon la liste où se trouvaient les différents noms rayés avec les numéros de téléphone à côté. Elle lui dit :

— J'ignore à quoi cela correspond. As-tu une idée ?

Antonin regarda longuement la liste avant de demander :

— Ces noms, te disent-ils quelque chose ?

— Le dernier seulement, celui qui n'est pas rayé. C'était un de nos voisins quand nous vivions dans notre ancienne maison.

— Et les autres ?

— Ils me semblent familiers, mais j'ignore où j'ai pu les voir...

Antonin réfléchit à haute voix :

— des noms qui te semblent familiers… Un ancien voisin… Des numéros de téléphone… As-tu essayé d'en contacter un ? Pour voir si ton père a appelé l'un d'eux ?

— Non, avoua la jeune femme. Je n'ai pas osé…

— Je ne vois pas ce que ça peut vouloir dire. Peut-être une liste de suspects ?

— Mais attends ! Il a barré tous les noms sauf le dernier. Cela voudrait dire que le suspect principal serait notre ancien voisin ?

— Peut-être…

— Je ne pense pas ! Il avait beaucoup de mal à marcher ! Il ne sortait jamais de chez lui ! Il adorait ma mère et me gardait parfois ! Ça ne peut pas être lui ! Il était adorable ! Et puis, pourquoi y aurait-il leurs numéros de téléphone à côté ? Tu ne crois tout de même pas que mon père a téléphoné à chacun d'eux en leur demandant s'il était le meurtrier de sa femme.

— Si le numéro de téléphone est à côté, c'est qu'il y a une raison, oui… murmura Antonin.

Les deux jeunes réfléchissaient à cette liste énigmatique. Quelle pouvait être son rôle ? Car elle pouvait être un élément crucial dans l'enquête de Jade.

— Attend ! dit soudain le jeune garçon. Je pense à quelque chose. Les noms barrés, ne pourraient-ils pas être ceux de tes anciens voisins ?

— Oui, s'ils me sont familiers c'est possible. Pourquoi ?

— Tu m'as dit que c'est ton père qui a découvert ta mère morte. Pourquoi ne pas imaginer que cette liste et celle des anciens voisins qu'il comptait interroger pour leur demander s'ils n'avaient pas remarqué quelque chose ?

— C'est possible, mais pourquoi certains noms sont barrés ?

— Peut-être leur a-t-il déjà téléphoné ?

— Et tu penses qu'il a appris quelque chose qu'il n'aurait pas marqué dans le carnet ?

— Ça, je n'en sais rien...

Jade réfléchit un petit moment. La théorie d'Antonin tenait la route, en tout cas plus que celle de possibles suspects. Le problème c'est que pour en avoir le cœur net elle devrait téléphoner à tous les noms qui étaient déjà barrés. Elle fit part de ses craintes au jeune homme. Mais celui-ci lui dit :

— Non, pas forcément. Tous les noms sont barrés sauf le dernier. Ça veut pouvoir dire deux choses : soit ce dernier avait des informations, soit ton père ne l'a pas encore appelé !

— Et il faut que je l'appelle !

— Voilà !

Mais au lieu de se précipiter vers le téléphone, Jade resta assise en face d'Antonin, l'esprit ailleurs. Son enquête allait-elle s'achever aussi simplement que ça ? Par un simple coup de téléphone ?

— C'est bien beau, tout ça, murmura-t-elle. Mais si on se trompait ? Si cette liste était autre chose ?

— Tu faisais confiance à ce voisin ? Vraiment confiance ?
— Oui.
— Alors tu ne risques rien à l'interroger.

Antonin avait raison, ce voisin ne chercherait pas de problèmes à Jade, elle en était persuadée. C'était un ami de la famille, sans doute le meilleur ami de son père, tous deux écrivains, et la jeune femme était persuadée que ça ne pouvait être lui le criminel. Elle se remit à réfléchir aux autres noms. Oui, ce pouvaient bien être ceux des voisins. Antonin devait avoir raison. L'enquête de voisinage de la police n'avait rien apporté à l'époque, mais étant donné que son père voulait reprendre l'enquête depuis le départ, peur être avait-il réinterroger les voisins ? Oui, Antonin avait raison. Et son enquête pouvait s'achever avec un simple coup de téléphone ! Mais quand appeler ? Maintenant ? Elle jeta un coup d'œil à l'horloge et remarqua que cela faisait plus d'une heure qu'elle et Antonin discutaient ! Il était déjà midi ! Et autre chose l'étonna : Murielle n'était pas là ! Elle alla dans sa chambre et découvrit un message sur le répondeur de son téléphone portable. C'était Murielle qui expliquait qu'elle ne viendrait pas aujourd'hui, qu'elle avait un empêchement et qu'elle viendrait après-demain comme d'habitude. Tout s'expliquait ! Mais les deux jeunes avaient été tellement passionnés par leur discussion que Jade n'avait pas entendu son portable sonner.

Quand elle revint dans le salon, elle dit simplement à Antonin en lui montrant son portable :

— Murielle m'a laissé un message en me disant qu'elle ne viendra pas aujourd'hui…

Antonin ne dit rien. Il ne savait pas vraiment quoi dire en fait. Il se demandait ce qu'allait faire Jade ? Appeler le voisin ou pas ? Quel que soit son choix, il la soutiendrait !

— Tu as faim ? lui demanda-t-elle enfin.

DIX-NEUF

Il était seize heures trente. Jade avait choisi ce moment-là pour téléphoner à monsieur Sola, le voisin qui vivait à côté de l'ancienne maison de Jade et son père. Elle se rappelait qu'il s'agissait d'un homme plutôt calme, patient, qui ne sortait jamais de sa maison étant donné qu'il travaillait chez lui. Et c'était une femme de ménage qui s'occupait des courses. Alors il était effectivement possible qu'il ait vu quelque chose le jour de l'assassinat de sa mère. Elle se demandait si ce dernier avait changé. Était-il seulement encore vivant ? Qu'est-ce qui lui disait que c'était encore le bon numéro ? Elle fit de nouveau part de ses craintes à Antonin qui était à côté d'elle.

— Essaye, dit Antonin. Tu ne risques rien.

Elle se décida et tapa le numéro sur son téléphone portable. Une femme décrocha :

— Bonjour, maison de monsieur Sola.

— Bonjour madame, répondit Jade. Pourrais-je parler à monsieur Sola ?

— Un instant, je vous prie…

Quelques secondes plus tard, la vois d'un homme répondit :

— Allô ?

— Monsieur Sola ?

— Oui.

— Bonjour, je suis Jade Niourk. Vous vous souvenez de moi ?

Il y eut un silence au téléphone puis monsieur Sola répondit :

— Jade Niourk ? La petite Jade ? Celle que je gardais de temps en temps ?

— Oui, c'est moi !

— Je suis très heureux de vous entendre.

Ils parlèrent un petit moment se donnant des nouvelles. Puis l'homme dit enfin :

— J'ai appris pour votre père et je suis vraiment désolé.

— Justement, je voulais savoir, mon père vous a-t-il téléphoné récemment ?

— Non, pas que je me souvienne…

— Écoutez, monsieur Sola. J'ai besoin de savoir la vérité. Étiez-vous là le jour où ma mère a été assassinée ?

Il y eut un petit silence puis monsieur Bruno Sola répondit :

— J'ai vu quelque chose approximativement à l'heure où votre mère a été assassinée, oui. Mais je n'ai jamais osé en parler à la police pour vous préserver… Mais oui, j'ai vu quelque-chose…

— Quoi ? demanda Jade la voix pleine d'espoir.

Un nouveau silence se fit au bout du fil. Puis Bruno reprit :

— C'est que… C'est assez difficile à croire…

— Écoutez, je suis prête à tout croire. Dites-moi !

— Eh bien, en fait, j'ai vu votre oncle sortir précipitamment de votre maison approximativement à l'heure où votre mère a été assassinée…

Jade était estomaquée. Son oncle ? Simon ? Elle n'était pas sûre d'avoir bien entendu, bien compris ce que lui avait dit son ancien voisin et demanda :

— Oncle Simon ?

— Oui.

— Vous êtes sûr ?

— Je ne dis pas que c'est lui qui l'a tué, mais il est peut-être le dernier à avoir vu votre mère vivante.

Jade ferma les yeux pour se souvenir de l'air de son oncle quand elle lui parlait de temps en temps de sa mère. Ce dernier n'avait pas l'air nerveux ou autre. Mais peut-être était-ce bien lui ?

— Vous pensez que c'est lui ? demanda-t-elle d'une toute petite voix.

— Je suis désolé Jade, mais c'est une possibilité…

— Bien. Merci beaucoup, monsieur Sola. Au revoir.

— Au revoir Jade. Bon courage !

Puis la jeune femme raccrocha. Elle n'arrivait pas à croire que son oncle pouvait être l'assassin. Pourquoi l'aurait-il tué ? Et pourquoi la police ne l'aurait pas arrêté s'il était coupable ? Par manque de preuves ? Toutes ses questions défilaient dans la tête de Jade. Mais la voix d'Antonin la ramena à la réalité.

— Alors ?

Jade attendit un petit moment avant de répondre, assimilant ce qu'elle venait d'apprendre.

— Monsieur Sola a vu mon oncle sortir de la maison approximativement à l'heure où ma mère a été assassinée.

— Tu veux dire que ?

— Je ne sais pas, Antonin, Je ne sais que penser. Il m'a dit que ce n'est pas nécessairement lui qui l'a tué, mais il est le dernier à l'avoir vue vivante.

— Que vas-tu faire ?

— Je n'en sais rien… répondit Jade.

Elle se remit à réfléchir.

— Pourquoi l'aurait-il tué ? se demanda tout haut Antonin qui réfléchissait lui aussi. Ça n'a pas de sens…

La jeune femme ne répondit pas. Elle était perdue dans ses pensées. Son oncle avait-il une bonne raison de tuer sa mère ? Et si oui, laquelle ? Elle n'en voyait aucune ! Ces deux-là s'adoraient ! Mais comme l'avait dit le voisin, son oncle était peut-être le dernier à l'avoir vue vivante. Et ce qu'elle pourrait faire, c'est lui poser des questions l'air de rien. Mais comment aborder le fait qu'il était venu la voir le jour de son assassinat ? Jade se creusait la tête pour trouver comment aborder le sujet. Et, devait-elle aller le voir ou lui téléphoner ? Si elle le voyait en vrai, elle pourrait guetter ses expressions.

— Il faut que j'aille chez lui ! dit-elle.

— Quoi ? s'exclama Antonin. Tu n'y penses pas ! S'il a vraiment tué ta mère il pourrait te tuer toi aussi !

— Je ne compte pas lui révéler ce que je sais. Juste lui poser quelques questions.

— Mais c'est dangereux ! Imagine qu'il comprenne que tu essayes de le faire parler ! Allons plutôt voir la police !

— Laisse-moi essayer au moins une fois, répondit Jade. Après, si je n'arrive à rien, je te jure que j'irais voir la police.

Antonin ne trouvait aucun autre argument à opposer à la visite de Jade chez son oncle. Il se résigna.

— Bien, dit-il, mais soit prudente.

A vingt heures trente, ils s'ouvrirent un paquet de chips qu'ils mangèrent et allèrent tous les deux se coucher. Bien qu'ils dormirent ensemble, ils n'eurent pas de relation sexuelle cette nuit-là.

VINGT

Le lendemain, quand Jade se réveilla Antonin dormait encore. Elle n'avait fait que somnoler pendant toute la nuit, pensant à ce qui lui avait révélé monsieur Sola. Son oncle, un assassin ? Elle avait peine à y croire. Ce dernier avait toujours été gentil et protecteur avec elle. De plus, il adorait Lucie. Alors pourquoi l'aurait-il tué ? Et il y avait une autre question ; si, comme elle le pensait, l'assassin de son père et de sa mère était la même personne, ce serait donc Simon qui aurait tué son père ? Son propre frère ? Elle n'arrivait pas à y croire ! Cependant, une chose était sûre : il avait été le dernier à avoir vu sa mère vivante. Mais elle n'était pas sûre que ce soit lui qui l'ait supprimée. Elle devait trouver quelque chose l'accusant ou l'innocentant avant d'aller voir la police. Elle regarda par la fenêtre. Le soleil commençait à paraître. Elle parvenait, depuis toujours, à se réveiller quand le soleil n'était pas encore complètement levé. On était en septembre et on sentait que les jours commençaient à se raccourcir. Jade était perdue dans ses pensées se demandant comment aborder le sujet de sa mère avec Simon, sans que celui-ci ne se doute de rien. Mais s'il n'avait rien à se reprocher, il n'aurait pas de mal à en parler. Aïe ! Tout ça lui donnait mal à la tête ! Elle regarda son compagnon endormi.

En le voyant, son cœur fit un bond ! Elle était tellement amoureuse de lui ! Elle ne voulait pas que cette histoire d'amour — sa première — s'achève ! Elle était prête à tout pour que ça dure ! Prête à donner sa vie pour Antonin. Car il était sa vie ! Son cœur ne battait que pour lui.

— Je t'aime, murmura-t-elle à son oreille.

Puis elle se rallongea à ses côtés. Elle ferma les yeux et continua à réfléchir ; il lui fallait une bonne raison pour aller chez son oncle, en n'y restant qu'une journée. Elle ne pouvait pas lui dire qu'elle avait changé d'avis, qu'elle voulait vivre chez lui comme il le lui avait proposé, puis repartir le lendemain ! Simon trouverait cela curieux et pourrait commencer à se méfier. Il ne fallait pas éveiller ses soupçons ! Soudain, la solution lui apparut. Elle rouvrit les yeux ! Son cousin l'avait invité à venir dîner chez eux quand elle voudrait ! C'était ça la solution ! Venir dîner chez eux ce soir et entamer la discussion sur ses parents. Elle dirait qu'elle avait besoin de parler de son père et glisserait imperceptiblement vers sa mère. Elle se demanderait qui l'avait vue vivante en dernier. Et là, soit son oncle dirait que c'était lui — cela le disculperait, car il n'aurait rien à cacher — soit, au contraire il se tairait et cela pouvait l'accuser ! Oui, le plan était parfait ! Elle décida de lui téléphoner plus tard, quand Antonin serait reparti.

Elle se tourna à nouveau vers lui. Elle regardait son visage fin et apaisé. Soudain, ce denier ouvrit lentement les yeux et vit Jade qui le regardait, souriante.

— Bonjour, biche, dit celui-ci.

— Bonjour mon canard, répondit-elle. Tu as bien dormi ?

— Oui et toi ? Pas longtemps étant donné que ce matin c'est toi qui me regardais.

— Pas très bien, non, avoua Jade. J'ai pensé toute la nuit à ce que m'avait révélé le voisin.

— Tu as pris une décision ?

— Oui. Je vais aller voir mon oncle ce soir, pour dîner. Mon cousin m'avait proposé un dîner chez eux. Je vais profiter de l'occasion pour y aller et poser de questions !

— Sois prudente !

— Ne t'inquiète pas ! J'ai tout prévu !

Antonin ne dit plus rien. Jade posa sa tête sur sa poitrine du garçon en murmurant :

— Tu sais que je t'aime ? Plus que tout !

— Moi aussi je t'aime, Jade ! Tu n'imagines pas à quel point.

— C'est drôle, tu sais. Mes parents se sont rencontrés de la même façon que nous. À une soirée entre amis.

Ce dernier ne répondit pas et lui caressa distraitement les cheveux. La jeune femme se sentait bien. Pour rien au monde elle n'aurait voulu que cet instant cesse. Malheureusement, toutes les bonnes choses ont une fin et Antonin commença à se lever.

— Je peux prendre une douche ?

— Bien sûr. Mais j'espère que ce matin tu déjeuneras avec moi.

— D'accord. Je prendrais un café.

— Tu ne veux rien manger ? D'habitude, je prends des œufs, mais si tu veux autre chose.

— D'accord, un œuf brouillé alors.

Quelques minutes plus tard, les deux amoureux étaient assis à la table de la cuisine tout en mangeant et discutant de choses et d'autres. Jade avait expliqué son plan à Antonin. Ce dernier répondit qu'effectivement cela pouvait fonctionner, mais fit promettre à la jeune femme de parler à la police de la situation et de ne pas agir seule. Elle promit.

— Bon, je dois y aller, dit Antonin une fois qu'il eut bu son café et terminer son assiette. Surtout, sois prudente ce soir.

— Ne t'en fait pas ; si tu veux, je t'appelle.

— D'accord ! Tiens-moi au courant !

Il embrassa Jade puis quitta la maison. Elle attendit que ce dernier ait disparu avant de se précipiter vers le téléphone pour appeler son oncle. Mais soudain, elle s'arrêta. Une pensée venait de refaire surface ; son cousin qui l'avait touché la dernière fois !

Jade n'était pas prête à lui pardonner son geste. Mais que devait-elle faire alors ? Jouer à l'hypocrite en faisant croire à son cousin qu'elle lui avait pardonné ? Ou bien attendre ? Mais attendre quoi ? Qu'elle lui pardonne ? Y arriverait-elle un jour ? Elle se mit à réfléchir puis décida que non, qu'elle ne voulait pas voir son cousin ! Mais une autre possibilité s'offrait à elle : venir voir son oncle seulement, en espérant que Rémi soit absent. Oui, cette solution lui convenait. Elle décrocha le téléphone en priant pour que son cousin ne soit pas là cet après-midi. Et si c'était le cas, elle demanderait à Simon de venir la voir. Il ne refuserait sûrement pas. Elle composa le numéro de ce dernier sur son téléphone fixe. L'homme répondit à la troisième sonnerie.

— Allô ?

— Bonjour oncle Simon !

— Oh, Jade ! Comment vas-tu ? Ça fait plaisir d'avoir de tes nouvelles !

— Dis-moi, j'ai besoin de te parler. Ce serait possible cet après-midi ?

— Bien sûr, pas de problèmes.

— Est-ce que Rémi est là ?

— Non, il est sorti avec des amis toute la journée. Tu veux lui parler ?

— Non, au contraire, je souhaiterais que l'on soit seuls. Tu sais à quelle heure il rentre ?

— Pas avant ce soir…

— C'est bien alors, je viendrais te voir vers quatorze heures.

— D'accord. De quoi veux-tu me parler ?

Jade hésita un instant. Devait-elle lui parler de son enquête ? Non, cela engendrerait sûrement une dispute et ils ne se verraient pas. Ce n'était pas le moment. Elle répondit :

— De mon père. J'ai besoin de parler de mon père…

— Pas de problèmes. Je comprends. À tout à l'heure, Jade.

— À tout à l'heure.

Puis elle raccrocha. Bon, son cousin ne serait pas là quand elle viendrait, c'était déjà ça ! Et elle avait dit la vérité à son oncle, elle voulait bien parler de son père et, ensuite, de sa mère. Et là, elle verrait si celui-ci sera honnête ! Elle n'arrivait toujours pas à croire, pour le moment que c'était lui l'assassin ; mais elle aurait bientôt des preuves !

À midi, elle termina le paquet de chips qu'elle et Antonin avaient entamé hier soir ; elle était tellement excitée à l'idée de savoir bientôt la vérité qu'elle n'avait pas faim. Le temps semblait durer une éternité ; elle prit une douche tout en se remémorant ce qu'elle devrait dire à son oncle : faire semblant de se demander qui avait vu sa mère vivante en dernier. Peut-être celui-ci lui dirait que c'était lui ? Ou pas ? Elle ignorait quelle serait sa réaction. En tout cas, il ne semblait pas savoir ce qui s'était passé entre Jade Rémi lors de sa dernière visite. Ce dernier ne lui avait sans doute rien dit. C'était mieux comme ça. Elle ne voulait pas répondre à des questions embarrassantes et souhaitait oublier cet épisode de sa vie.

Une fois sa douche prise, elle revêtit des vêtements propres et s'arrangea un peu les cheveux. Puis elle se regarda dans le miroir. Elle se trouvait présentable. Étant donné qu'il faisait encore chaud, elle avait passé une chemise à manches courtes dévoilant ses longs bras à la peau pâle. La jeune femme avait une peau presque blanche, comme toutes les rousses. Cela était un atout, disait-on, pour séduire les garçons. Oui, elle était jolie et devait avoir plusieurs amoureux secrets à la fac ou quand elle était lycéenne, mais n'avait jamais vraiment pris garde à cela. Elle se souvenait qu'une fois, une fille de sa classe, au lycée quand elle était en seconde, lui avait demandé si elle n'était pas lesbienne, étant donné qu'elle ne regardait pas les garçons. Cette question l'avait profondément marquée, et elle se demandait un moment si, en effet, elle ne l'était pas. Car vraiment aucun garçon ne l'intéressait ! Cependant, elle n'avait jamais ressentie d'excitation sexuelle à la vue d'une fille. Ni Floriane ou qui que ce soit d'autre ne l'avait jamais attirée non plus. Elle n'avait jamais parlé de cela à son père, non pas que si elle était attirée par les filles cela l'aurait gêné, mais elle jugeait qu'il n'avait pas à se mêler de cette histoire. Elle en avait discuté un peu avec Floriane. Finalement, elle oublia peu à peu, et son histoire avec Antonin lui prouvait le contraire !

Elle retourna dans le salon. Deux heures moins vingt. Elle hésita. Il était peut-être temps de partir ? Jade avait prévu de se rendre chez son oncle avec son scooter. Son père lui en avait offert un il y avait trois ans, mais elle ne l'utilisait pas beaucoup. Cette sortie était une occasion de le faire rouler un peu. En plus, à cette heure, il ne devait pas y avoir beaucoup de circulation, aussi arriverait-elle rapidement là-bas. Elle prit un casque de moto qui était rangé dans une armoire de sa chambre et pénétra dans le garage. Le scooter noir métallisé brillait dans les quelques rayons de soleil qui filtraient par la partie grillagée de la porte du garage. Elle la prit et vérifia le niveau d'essence. Nickel ! Elle ouvrit la porte pour sortir le véhicule, l'enfourcha et partit en direction de la maison de Simon. Elle espérait découvrir la vérité sur toute cette histoire qui la hantait depuis plusieurs semaines et mettre enfin un point final à son enquête…

VINGT-ET-UN

Jade arriva chez son oncle vingt minutes plus tard. Ce dernier habitait une petite maison entourée d'un jardin rempli de fleurs, telles que rosiers, rhododendrons et même un petit palmier. Dans un angle du jardin se trouvait un petit étang artificiel dans lequel nageaient quelques poissons et à l'arrière se trouvait une petite cabane équipée d'un barbecue où se réunissait la famille à l'époque où le père de Jade n'avait pas encore de problèmes de santé. Depuis, l'endroit n'avait plus servi et était laissé à l'abandon. Elle gravit les quelques marches qui menaient au perron et sonna. Quelques secondes plus tard, son oncle vint lui ouvrir. Il était vêtu d'une chemise noire que Jade trouva superbe.

— Wouah, oncle Simon, la classe ! s'exclama-t-elle.

— Qui y a-t-il ? demanda ce dernier.

— Ta chemise te va super bien ! Tu as un rendez-vous galant ?

— Ah, hélas non. Mais je t'en prie, entre !

L'homme s'écarta pour laisser passer Jade. Elle se retrouva directement dans une petite cuisine qui donnait sur le salon. Elle y suivit son oncle et s'assit dans un fauteuil. Elle garda le silence.

— Tu veux boire quelque chose ? s'enquit ce dernier.

— Non merci, ça ira. Je ne compte pas être très longue.

— Très bien, je t'écoute.

— Rémi n'est pas là ?

— Non. Je t'avais dit qu'il était sorti.

— Bien. Je…

Jade s'interrompit. Elle cherchait ses mots pour parler avec tact. Soudain, elle ouvrit des yeux ronds. Le col de la chemise de son oncle était défait.

— Oncle Simon, dit-elle, ton col est défait.

— Ah oui, dit ce dernier en remettant son col en place. C'est parce que j'ai perdu un bouton.

— Alors ça, ce n'est pas un problème ! s'exclama la jeune femme. À la maison, j'ai une boîte pleine de boutons ! J'en trouverais sûrement un assorti. Passe-moi ta chemise que je regarde.

L'oncle ne fit pas d'objections et enleva sa chemise pour se retrouver en débardeur et passa la chemise à Jade qui se levait pour l'atteindre. Elle resta debout en observant les boutons ; soudain, elle devint toute pâle. Son oncle s'en aperçut immédiatement.

— Jade, que se passe-t-il ? s'inquiéta-t-il. Assied-toi, je reviens !

Tandis que Jade retombait sur le canapé, son oncle fila dans la cuisine et fouilla dans le frigo à la recherche d'une boisson sucrée, un soda qu'il tendit à Jade.

— Bois, dit-il. Tu as eu un coup de mou ?

Jade but plusieurs gorgées de soda avant de répondre :

— Excuse-moi, j'ai eu un étourdissement. Il faut dire que je n'ai pas beaucoup mangé à midi.

— C'est la mort de ton père ? Tu n'as pas d'appétit ?

— Je ne sais pas, mentit Jade.

En fait, Jade avait bien retrouvé l'appétit, mais, excitée par les découvertes qu'elle s'apprêtait à faire aujourd'hui, elle n'avait pas eu très faim. Mais elle ne dit pas à son oncle la véritable raison de son étourdissement.

— Ne me refais plus une peur pareille ! lui dit son oncle. J'ai cru que tu allais me faire une syncope !

Jade ne répondit pas. Elle regardait la chemise qu'elle avait à la main sans vraiment la voir. Puis elle dit :

— Excuse-moi, oncle Simon, je vais rentrer me reposer…

— Tu es venue comment ?

— En scooter…

— Je ne sais pas si tu es en état de conduire. Tu veux pas que je te ramène ? Je dirais à Rémi de passer en te ramenant ton scooter.

— Non, surtout pas ! s'affola-t-elle.

Elle ne voulait plus voir son cousin pour le moment, d'une part car elle ne lui avait toujours pas pardonné et aussi de peur qu'il ne recommence à avoir les mains baladeuses. Simon fut étonné par la réaction de sa nièce.

— Que se passe-t-il, Jade ?

Elle n'osa pas avouer à ce dernier que son fils l'avait touché.

— Rien, dit-elle calmement, je ne veux pas le déranger. Laisse-moi ta chemise, je vais y coudre un nouveau bouton quand j'aurais le temps.

— Tu es sûre que tu pourras conduire ?

— Oui, oui, le soda que tu m'as donné m'a reboosté. Merci.

Simon accompagna sa nièce jusqu'à la porte. Là, il la vit approcher de son scooter, mettre la chemise dans un coffret à l'arrière de son véhicule. Puis Jade enfila son casque, fit un petit signe de la main à son oncle et entreprit de sortir le scooter du jardin. Une fois dans la rue elle s'assit et démarra pour devenir un petit point à l'horizon. Dès qu'elle eut complètement disparu, des larmes se mirent à couler de ses yeux.

Simon regarda sa nièce disparaître se demandant toujours pourquoi elle avait eu un étourdissement. Il aurait dû lui dire de se forcer à manger un peu, de ne pas se laisser aller ! Il retourna dans sa maison. Il enfila une autre chemise puis alluma la télévision. Il ignorait qu'il avait été démasqué. Pour lui, sa jeune nièce ne se doutait de rien. Il pensait que son secret, à savoir les meurtres de Victor et Lucie, ne serait jamais découvert. Il avait éliminé la seule personne qui avait mis un point d'honneur à le démasquer. Mais cette personne n'était plus. Il n'avait rien à craindre. Selon lui, personne n'en saurait jamais rien !

Les larmes de Jade lui brûlaient les yeux et brouillaient sa vue. Ainsi, l'homme qui avait tué ses parents était son oncle. Elle avait directement reconnu les boutons de sa chemise avec celui que Murielle avait retrouvé sous le meuble de l'entrée. Tout devenait clair. Le lieutenant Colt avait raison ; son oncle s'était caché et avait attendu que Jade retrouve son père mort pour fuir, et aucune serrure n'avait été forcée, car ce dernier possédait les clefs de la maison de Victor. Il s'était caché près du meuble à l'entrée, où personne ne pouvait le voir et avait vraisemblablement perdu un bouton là-bas, peut-être dans la précipitation pour fuir la maison. Elle ne parvenait pas à comprendre comment un homme pouvait tuer son frère. Avait-il si peur d'être démasqué qu'il l'avait supprimé ?

— Ce n'est pas vrai ! cria Jade pour elle-même. Je suis en plein cauchemar !

Malheureusement, elle savait que non, que ce qu'elle avait découvert était bien réel. Elle arrêta son scooter sur une aire d'autoroute déserte, enleva son casque et se mit à crier aussi fort qu'elle le put, pour se libérer de sa rage. Son oncle s'était bien foutu d'elle ! Il jouait le compatissant, le protecteur, disant se faire du souci pour elle, alors qu'il était le meurtrier ! Elle se retenait de ne pas aller chez lui et de le tuer à son tour ! Mais ça ne ramènerait pas son père... Puis elle se mit à réfléchir : et si elle s'était trompée ? Elle pria le ciel que c'était le cas.

Elle descendit de son scooter, ouvrir la mallette installée derrière et en sortie la chemise. Elle réexamina minutieusement les boutons. Oui, cela ne faisait pas de doutes. C'était les mêmes que celui qui était chez elle. Dans le doute, elle décida de rentrer vérifier, mais elle savait que l'espoir de s'être trompé était réduit à néant. Elle se mit à pleurer. Pour son père, sa mère, son oncle et même son cousin. Elle avait mal au ventre, la tête lui tournait. Elle ferma les yeux et des images de son oncle avec un regard de fou en train de trancher la gorge de Victor lui vinrent. Elle se pencha en avant, se tenant le ventre des deux mains et se mit à vomir. Finalement, elle s'essuya la bouche, remit son casque et prit la route pour rentrer chez elle. Elle avait fait une promesse à Antonin : parler de ses découvertes à la police. Elle décida de suivre cette promesse. Dès qu'elle serait complètement sûre, elle irait les voir.

Tout en roulant, elle se demandait si son cousin était au courant. Savait-il que son père était un meurtrier ? Ou bien l'ignorait-il ? Il allait sûrement être interrogé par la police lui aussi. Elle se prit à espérer qu'il était innocent, qu'il ne savait pas. Elle se sentait même prête à lui pardonner en comparaison de l'horreur qu'avait faite Simon ! Tuer ses parents ! Son frère et sa belle-sœur ! Quel était le mobile ? La peur d'être découvert ne pouvait pas être la seule motivation ! Il devait y en avoir une autre ! Mais Jade n'arrivait pas à la trouver. Elle avait beau se creuser la tête, rien ne venait. Elle prit la décision de téléphoner à Antonin avant d'aller voir les forces de l'ordre. Elle lui avait dit qu'elle le tiendrait au courant. Elle espéra qu'il pourrait également dormir chez elle ce soir. Car elle était assurée de faire des cauchemars toute la nuit !

Elle arrivait peu à peu dans la banlieue où se trouvait sa maison. Elle passa devant des haies superbement taillées, de magnifiques portails en fer forgé, de belles maisons de plain-pied ou à étages aux entrées somptueuses. Mais elle ne les admira pas comme à son habitude. Elle n'avait plus goût à rien. Elle passa dans la rue sur son scooter, filant droit chez elle sans regarder autour d'elle les routes adjacentes, les passants et tout ce qui s'y trouvait. Elle était perdue dans ses pensées, sanglotant. Elle arriva finalement chez elle. Elle se précipita à l'intérieur de la maison, ne prenant même pas le temps d'enlever son casque, entra en trombe dans sa chambre et fouilla dans son petit coffret à bijoux à la recherche du bouton ; elle tomba dessus et l'examina. Il était doré, un bateau stylisé, toutes voiles aux vents étaient gravées dessus. Aucun doute n'était permis : c'était le même ! Jade tomba des nues ! Elle avait maintenant la confirmation que son oncle était bien le tueur ! Elle enleva son casque, prit une grande inspiration et tapa le numéro d'Antonin sur le téléphone portable pour le tenir au courant et lui faire un résumé de ses découvertes. L'assassin était désormais démasqué ! Son enquête était terminée ! Tous ces jours de recherches, ses appels téléphoniques, tout cela avait porté ses fruits ! Mais elle n'était pas seule. Antonin l'avait grandement aidée. Elle lui était éternellement reconnaissante que ce dernier l'ait soutenu, cru en elle, conseillé. C'était leur victoire à tous les deux ! Il fallait absolument qu'elle le mette au courant ! Qu'ils savaient enfin la vérité !

VINGT-DEUX

Antonin décrocha rapidement. Jade était impatiente de lui parler. Elle avait enfin trouvé des réponses à ses questions, elle savait qui était l'assassin de ses parents !

— Allô ? fit la voix du jeune homme.

— Antonin ? C'est moi, Jade ! J'ai enfin la preuve que mon oncle a tué mon père !

— Comment ça ? demanda Antonin. Je croyais que tu allais savoir s'il avait tué ta mère.

— Je pense que c'est lui qui a tué mes deux parents. Mais mon oncle portait une chemise, la même que lorsqu'il a tué mon père !

— Comment le sais-tu ?

— Murielle, ma dame de compagnie, a trouvé un bouton qui correspond à celui de la chemise !

— Tu es sûre de toi ?

— Oui, tout s'explique ! Pourquoi la serrure n'a pas été forcée, et tout le reste !

Le jeune homme garda le silence un moment avant de reprendre :

— Et que vas-tu faire maintenant ?

— Avertir la police comme on l'avait dit.

— Tu as une idée du mobile ?

— Je pense qu'il y en a plusieurs. Le premier est qu'il craignait d'être démasqué.

— Et les autres ?

— Je l'ignore pour l'instant. Mais j'espère bien que la police pourra les découvrir !

Antonin ne dit rien, mais Jade poursuivit :

— Mon enquête est terminée ! Et en partie grâce à toi !

— Je n'ai pas fait grand-chose, répondit-il.

— Tu plaisantes ! Tu m'as soutenue, encouragée et même aidée ! Merci mille fois !

— Je t'aime, Jade. C'est pour cela que je t'ai aidé, mais je n'ai jamais douté que tu y arriverais ! Tout le mérite te revient !

— Antonin, dit timidement Jade, tu pourrais venir dormir chez moi ce soir ? J'ai peur de passer ma nuit à faire des cauchemars...

— Je suis désolé, biche, mais je pourrais pas...

— Ah... Tant pis... fit la jeune femme déçue.

— Je te promets de passer dès que je pourrai ! On ira au restaurant fêter la réussite de ton enquête !

— Tu crois pas que je devrais devenir inspectrice de police ? Ça me réussit plutôt bien ! plaisanta-t-elle.

— Je t'assure Jade, je te vois plutôt bien en tant que journaliste ! répondit Antonin sur le même ton. Il y a moins de risques !

— Bon, je vais attendre que tu passes dans quelques jours. J'ai hâte.

— Moi aussi, je t'assure. Je viendrai dès que je pourrai.
— D'accord. À bientôt, alors.
— À bientôt.

Puis elle raccrocha. Elle était déçue qu'Antonin ne puisse pas venir ce soir, car elle en aurait eu bien besoin. Elle était sûre que sa présence à ses côtés l'aurait rassurée et empêchée de faire des cauchemars. Cette nuit promettait d'être la plus mauvaise qu'elle ait connue ! Non, pas aussi mauvaise que la nuit où elle avait découvert son père, mort. Elle comprenait à présent pourquoi son oncle était arrivé le premier. Quand elle lui avait téléphoné, pour lui annoncer la mort de Victor, il ne devait pas être bien loin. Oui, elle était convaincue de sa culpabilité. Il n'avait jamais semblé vraiment touché par la mort de Victor, comme s'il le savait depuis le début, comme s'il s'y attendait. Soit, la santé de son père se dégradait de jours en jours, mais il avait sans doute encore de longues années à vivre ! Oui, le comportement de Simon avait toujours été suspect, même si elle ne l'avait pas remarqué tout de suite. Voilà pourquoi il ne voulait pas qu'elle mène d'enquête ! Voilà pourquoi il tenait tant à ce qu'elle vienne chez lui : pour la surveiller et s'assurer qu'elle ne trouverait rien de compromettant ! Un profond dégoût l'envahit ! Son oncle était pire que Rémi ! À moins que ce dernier ne soit au courant ! Mais elle en doutait. Elle prit la résolution de pardonner son geste à son cousin si ce dernier ne savait rien. Ce serait déjà assez dur pour lui de savoir que son père était un assassin et de le voir en prison ! Il aurait besoin de soutien, à ce moment-là, et elle se rappelait que Rémi avait fait tout son possible pour elle, après la mort de son père.

Mais avant tout, elle devait aller voir la police. Il était quatre heures moins le quart. Elle décida d'emmener la chemise et le bouton comme preuves. Elle ne pensa pas à prendre le carnet de son père. Elle mit ces deux preuves dans la mallette de son scooter, l'enfourcha et fit route vers le commissariat. Sur la route, elle recommença à pleurer. Des larmes douloureuses coulaient de ses yeux. Mais elle était déterminée à aller jusqu'au bout. Il fallait qu'elle dénonce son oncle pour qu'il paye son crime ! Que justice soit faite vis-à-vis de son père. Elle ne savait plus si elle aimait encore son oncle. Tous ses beaux souvenirs avec lui, les grillades, les sorties au cinéma, tout cela fondait comme neige au soleil.

Une vingtaine de minutes plus tard elle gara son véhicule près du poste de police. Elle mit ses preuves dans son sac et gravit les quelques marches qui menaient à l'entrée du poste. Elle tremblait. Elle hésita, respira un grand coup, et franchit la porte du commissariat. Elle se retrouva dans un petit hall au bout duquel se trouvait l'accueil. Elle avança vers le policier qui s'y tenait, d'un pas résolu.

Elle s'immobilisa devant le policier qui gérait l'accueil et dit :

— J'aimerais voir le lieutenant Colt. J'ai des preuves importantes à lui montrer pour le meurtre de Victor Niourk, mon père.

Le policier ne montra aucun étonnement ni intérêt et conduisit cette dernière dans le bureau de Richard Colt, une pièce aux murs blancs où étaient punaisés un tableau en liège et diverses affiches de la police nationale. Colt était assis à une table en métal, en train de lire un rapport, un gobelet de café à ses côtés. Quand la jeune femme entra, il releva la tête.

— Mademoiselle Niourk, que puis-je pour vous ?

— Je vous amène des preuves sur la culpabilité de mon oncle. Il a tué mon père.

— Très bien. Montrez-moi ces preuves…

Jade ouvrit son sac et en sortit la chemise et le bouton récupéré chez elle.

— Vous vous souvenez, dit-elle. Vous avez émis l'hypothèse que l'assassin n'est pas parti directement de chez moi, mais qu'il se soit caché quelques part. Eh bien, vous aviez raison ; ma femme de ménage a trouvé ce bouton sous un meuble, dit-elle en désignant le bouton. Il est assorti à cette chemise à laquelle il y manque un bouton. Et cette chemise est celle de mon oncle.

— C'est vrai que c'est troublant, mais cela ne prouve rien.

— Vous souvenez-vous qu'aucune serrure n'a été forcée chez moi ? C'est parce que mon oncle avait les clefs.

Colt réfléchi, car, en effet, la scientifique n'avait relevé aucune trace au niveau de la fenêtre, ce qui voulait dire que le meurtrier était entré par un autre moyen. Et effectivement, aucune serrure n'avait été forcée.

— Intéressant… murmura-t-il.

— Enfin, termina Jade, je suis persuadée que mon oncle est aussi celui qui a tué ma mère. Mon père, dans un carnet, a écrit qu'il comptait reprendre l'enquête et dans une liste, le nom d'un témoin qui affirme avoir vu mon oncle sortir de la maison de ma mère aux alentours de l'heure de sa mort.

— Je peux voir ce carnet ?

— Heu… je… Je l'ai laissé à la maison, bredouilla Jade, confuse. Mais vos hommes avaient prévu devenir le chercher…

— Peu importe. Les éléments que vous nous avez apportés sont suffisants pour mettre votre oncle en garde à vue. Je vous conseille de rentrer chez vous et de n'ouvrir à personne jusqu'à ce qu'il soit dans nos locaux avec son fils.

Jade acquiesça de la tête lentement. Son oncle allait peut-être enfin avouer pourquoi il avait tué sa belle-sœur ainsi que son frère…

— Voulez-vous qu'un agent de police veille sur vous pendant l'interpellation ? lui demanda Colt.

Jade fit non de la tête. Son oncle ne se doutait de rien, il était donc fort peu probable qu'il ait le temps de venir la menacer. Quant à son cousin, elle ignorait où il se trouvait à présent, mais cela ne faisait aucun doute qu'il ne savait rien non plus. Jade estima qu'elle n'était pas en danger, même si elle savait qu'elle ne dormirait probablement pas cette nuit. Elle se sentait trop excitée par l'interpellation qui allait avoir lieu chez son oncle et aussi trop inquiète de faire des cauchemars. Ce qui l'importait surtout était de comprendre pourquoi

Simon avait fait ce qu'il avait fait ! En ce moment, c'était tout ce qui comptait pour elle. Quel dommage qu'Antonin ne puisse pas venir lui tenir compagnie pour patienter ! Elle imaginait ne pas pouvoir trop compter sur Floriane non plus qui devait être en train de roucouler avec Mickey ! Elle verrait bien ! De retour chez elle, elle lui téléphonerait.

Jade entendait dans le parking les premières voitures de police qui partaient en direction de la maison de son oncle. Ça y est ! Son enquête était bel et bien terminée. Elle savait qui était l'assassin et comprenait une partie de ses mobiles. Le reste était du ressort de la police. Comprendre tous les mobiles et faire passer l'assassin devant la justice. Jade se demandait combien d'années allait prendre Simon pour un double meurtre. Et Rémi ? Qu'allait-il devenir sans son père ? Il avait un boulot, soit, mais pourrait-il s'en sortir tout seul ? Elle accepterait qu'il passe quelques jours chez elle, par exemple le temps qu'Antonin ne soit pas là, mais pas qu'il y reste tout le temps ! Elle avait sa vie elle aussi ! Tout ne tournait pas autour de son cousin ! Avec son père, elle n'avait pas vraiment eu le temps de s'occuper d'elle ! Et si Rémi venait à squatter chez elle, ça risquait de recommencer et peut-être même que sa relation avec Antonin en pâtirait ! Et ça, elle ne le voulait pas ! Si son cousin n'avait rien à voir avec ces meurtres, il faudrait qu'ils mettent les choses au clair ! Elle ne lui en voulait plus, comprendrait qu'il aurait besoin de soutien, mais ne devait pas en abuser. Parviendrait-il à trouver une limite ? Elle l'espéra.

Jade se retrouva seule sur le parking désormais désert. Elle se dirigeait doucement vers son scooter. Elle n'était pas pressée de rentrer. La soirée était tiède, l'air agréable. Toutes les étoiles commençaient à luirent dans un ciel sans nuages. Elle décida d'aller faire un tour avant de regagner son domicile…

VINGT-TROIS

Simon était assis dans la salle d'interrogatoire. Celle-ci était brillamment illuminée et contre un des murs se trouvait un miroir sans teint. Le mobilier se composait d'une table en métal et de trois chaises du même matériau. Colt était assis, lui aussi, en face du suspect. Simon semblait parfaitement calme. Il dit au lieutenant :

— Je ne comprends pas ce que je fais là.

— Je vais vous le dire, répondit Colt. Selon certaines sources, vous seriez l'assassin de Victor Niourk et de sa femme.

— Victor était mon frère ! Pourquoi l'aurais-je assassiné ?

— À vous de me le dire !

— J'ignore pourquoi et qui l'a assassiné !

— Saviez-vous que ce dernier comptait reprendre l'enquête depuis le début ? Peut-être aviez-vous peur d'être démasqué, et l'avez supprimé ?

— Je le savais oui, il me l'avait dit. Mais qu'avez-vous comme preuve ? J'aimerais bien le savoir.

— D'abord, une chemise vous appartenant à laquelle il manque un bouton. Le bouton en question a été retrouvé chez votre nièce. Et celle-ci est formelle. Elle ne vous a jamais vu chez elle avec cette chemise ! Donc, on pense que vous l'aviez le soir du meurtre quand vous étiez caché chez elle, après avoir tué Victor.

— Si c'est tout ce que vous avez, je peux rentrer chez moi ! N'importe qui d'autre peut avoir cette chemise !

— Attendez un peu. Un témoin vous aurez vu chez madame Niourk le jour et à l'heure de sa mort établie par le médecin légiste. Que faisiez-vous là-bas ?

— Je l'ignore. Je ne sais plus.

— Je pense que quelques heures dans la cage vous rafraîchiront la mémoire !

À ces mots, Simon devint tout blanc et se mit à trembler. Colt comprit qu'il avait touché le point faible. Puis Simon craqua.

— D'accord dit-il. Oui, j'ai l'ai tué. Et Victor aussi. Mais Rémi n'a rien à voir là-dedans. Il n'est pas au courant…

— Très bien, répondit Colt. Pourquoi les avoir tués ?

— Le jour où j'ai vu Lucie pour la première fois, j'en suis tombé amoureux. Amoureux fou. Je crois que vous-même n'êtes jamais tombé amoureux comme je l'étais. Voyez-vous, j'aimais beaucoup ma mère et par certains côtés, Lucie lui ressemblait ! Mais je ne l'intéressais pas. Elle était à fond sur son mari ! Et je haïssais Victor d'avoir épousé la femme parfaite. Pour moi, il ne la méritait pas !

Simon garda le silence avant de reprendre :

— Un jour je suis allé voir Lucie et je lui ai dévoilé mes sentiments. Ça l'a fait rire ! Cette salope ! Je souffrais le martyre de l'aimer, et ça la faisait rire ! Nous étions sur la mezzanine de la maison. De rage, je l'ai jetée en bas de l'escalier et ça l'a tué ! Je ne voulais pas sa mort, mais d'un autre côté je me disais que comme ça, aucun de nous deux ne l'aurait plus. Ni moi, ni mon frère. J'ai effacé mes traces et je suis parti.

Simon regarda ensuite la table en métal derrière laquelle il était.

— J'ai compris plus tard que j'étais trop impulsif. Que c'était pour cela que j'avais tué Lucie. Je n'avais pas réussi à contrôler mes sentiments ! J'ai décidé de me faire soigner en allant voir un psy. Mais je n'ai jamais raconté à personne que j'avais tué Lucie.

— Très bien, répondit Colt. Et pour Victor ?

— Vous avez déjà deviné un mobile : il m'avait dit qu'il comptait reprendre l'enquête et j'avais effectivement peur d'être démasqué.

— Et il y a d'autres raisons ?

— Oui, si Lucie n'était pas tellement amoureuse de son mari, elle aurait peut-être cédé à mes avances. Mais elle était à fond sur lui ! C'est sa faute si elle est morte ! De sa faute ! Si elle ne l'aimait pas tant, tout aurait pu être différent ! Et cette salope qui riait ! Alors je l'ai tué pour venger Lucie.

Et sur ce, Simon éclata en sanglot. Colt quitta la pièce. Il avait trouvé le coupable. Cette enquête était terminée. Il pourrait désormais se consacrer pleinement à l'enquête sur le tueur des étudiantes. Les crimes semblaient avoir cessé, mais le meurtrier, lui, était toujours dans la nature et il était évident pour la police qu'il risquait à frapper de nouveau. Ils mettaient tout en œuvre pour mettre cet homme hors d'état de nuire, mais sans succès pour le moment. Et la grande question était qui serait la prochaine victime, s'il devait y en avoir une prochaine ? Car, hormis le fait qu'il s'agissait toutes d'étudiantes, rien ne les reliait entre elles, comme si l'assassin les choisissait au hasard. L'enquête n'était pas facile, mais Colt était persuadé que, maintenant que l'assassin des Niourk était arrêté, il aurait plus de temps à consacrer pour mettre sous les verrous celui qui assassinait les étudiantes ; car même s'il semblait avoir arrêté, sa folie meurtrière pouvait lui reprendre n'importe quand. Et cet homme était aussi fou, sinon plus que Simon Niourk.

— Oui, mon salaud, murmura Colt. Bientôt tu finiras toi aussi en prison…

Il se dirige vers son bureau. Un homme en uniforme conduisait Simon à l'extérieur pour l'emmener en prison où il serait détenu en attendant son jugement. Colt ne lui jeta même pas un coup d'œil. Cet homme était une ordure !

*

Jade somnolait dans son lit, se réveillant toutes les heures. Le soleil s'était couché depuis bien longtemps et Jade n'avait pas dîné. Tout ce qui lui était arrivé aujourd'hui, découvrir que son oncle avait tué ses parents, lui avait coupé l'appétit. Elle faisait un rêve étrange :

elle rêvait qu'elle roulait pour une destination inconnue sur son scooter, en plein jour, et qu'elle semblait seule au monde. Pas une voiture, pas un passant, pas un oiseau dans le ciel. Rien ! Même pas un son hormis celui de son scooter. Cela la mettait mal à l'aise d'avoir l'impression de se sentir seule dans un monde si vaste. Faisait-elle ce rêve parce que justement, elle se sentait terriblement seule ce soir ? Antonin lui avait dit, quand elle l'avait appelé cet après-midi, qu'il ne pourrait pas venir. Elle avait appelé Floriane, mais cette dernière avait prévu d'aller au cinéma avec Mickey. Floriane avait proposé à son amie de venir avec elle, mais Jade savait que le film ne l'intéresserait pas. Elle n'avait pas la tête à ça. Elle avait d'autres interrogations en ce moment.

    Se réveillant une nouvelle fois, elle se demanda où en était l'enquête sur son oncle. Avait-il avoué ? Avait-il donné son mobile pour sa mère ? Et son père ? Colt avait promis de rappeler Jade demain dans la matinée pour lui dire les aveux qu'il avait obtenus de Simon. Et celle-ci était impatiente de les connaître. Afin que toutes les questions qu'elle se posait soient résolues. Elle avait passé la fin de l'après-midi a rééplucher le carnet de son père pour trouver un élément de réponse sur le mobile de la mort de Lucie. Mais elle dut se rendre à l'évidence que nulle part, son père n'avait émis de théories. Curieux pour un homme qui était censé avoir de l'imagination pour écrire de la fiction ! Elle pensa alors aux romans de son père. La mort de Victor Niourk ayant été annoncée, la vente de ses romans avait fait un bond. Et c'était désormais Jade qui hériterait de tout cet argent !

Jade ne parvenait plus à dormir. D'une part, elle avait peur de refaire le rêve où elle se retrouvait seule, et d'autre part, elle était trop excitée pour dormir ! Trop impatiente que le lieutenant Colt la rappelle ! Ne sachant que faire, elle décida de prendre une douche. Le contact de l'eau tiède sur son corps commença à la détendre un peu. Puis sans s'habiller, elle s'allongea sur son lit. Elle était étendue dans l'obscurité. Elle regarda le cadran lumineux de son réveil ; deux heures du matin. À quelle heure le lieutenant de police comptait-il l'appeler ? Sans doute vers neuf heures et demie, dix heures. Toujours nue, elle se dirigea dans la cuisine et se fit chauffer un verre de lait. Elle voyait de sa position, la porte de la chambre de son père, fermée, comme s'il était à l'intérieur. Que dirait-il, s'il surgissait et voyait sa fille complètement nue ? Mais elle avait besoin de se savoir ainsi, de pouvoir se réapproprier son corps pour oublier ce que Rémi lui avait fait. Elle s'était sentie comme un objet à ce moment-là. Comme un jouet lui appartenant !

Et tout naturellement, elle pensa à lui. Non, elle ne lui en voulait plus vraiment. Il avait eu un geste d'égarement. Jade n'était pas connue pour avoir une rancune tenace, toujours prête à pardonner trop tôt. C'était dans sa nature. Mais son cousin, savait-il ce qu'avait fait son père ? Était-il au courant depuis le début ? Elle avait du mal à le croire. Pauvre Rémi ! Il allait tomber des nues et la journée qui semblait avoir bien commencé pour lui allait se terminer en cauchemar ! Il avait déjà eu des problèmes dans sa jeunesse quand sa mère était partie ! Et maintenant, c'était le tour de son père. Il était comme elle à présent, orphelin. Mais il avait été là pour elle dans les moments durs, alors elle serait là pour lui ! Il n'était pas responsable de ce qu'avait fait son père. Il était une victime innocente !

Et demain serait un autre jour ! Et pour une fois, elle ne se demanda pas de quoi demain serait fait. Elle qui avait toujours pour habitude de prévoir, heures par heures, ce qu'elle devait faire le lendemain n'avait, cette fois, rien de prévu. Peut-être Antonin pourrait venir ? Et s'ils s'organisaient un voyage en amoureux, quelque part en France en attendant la rentrée ? Oui, elle avait besoin de prendre l'air ! Et quitter la ville, changer d'endroit, lui ferait le plus grand bien. Cela faisait longtemps qu'elle n'avait plus voyagé avec des amis, devant s'occuper en permanence de son père. Sa mort était une épreuve horrible qu'elle avait dû surmonter, mais pour la première fois depuis bien longtemps elle se sentait libre ! Perdue dans ses pensées, Jade glissa doucement dans les bras de Morphée ; elle s'endormit d'un sommeil léger, sans rêves. Les étoiles luisaient au firmament, une lune ronde dans le ciel éclairait le paysage d'une lumière froide. Les cigales chantaient…

VINGT-QUATRE

Il était seize heures trente. Murielle était repartie après avoir fait un peu de ménage et avoir préparé le déjeuner pour Jade. Celle-ci avait reçu un coup de téléphone dans la matinée du lieutenant Colt lui faisant le rapport des aveux de Simon. Ainsi, Jade avait eu des réponses à toutes ses questions. Il ne subsistait plus aucune zone d'ombre. Elle avait également appris que Rémi n'avait rien à voir avec ces crimes. Il ne savait pas. Jade imagina le désarroi dans lequel il devait se trouver. Ce devait être horrible d'apprendre que son père était un assassin. Sans doute plus horrible encore, de savoir que son oncle en était un. Mais elle avait encore un peu de peine à le croire. Lui qui avait toujours été si gentil avec elle, si protecteur. Il cachait bien son jeu ! Même après qu'il ait tué Lucie, il n'avait pas changé. Toujours compatissant, lui remontant le moral. Elle ne comprenait pas comment son oncle pouvait avoir deux côtés si opposés. Mais elle avait eu les preuves qu'il était bien le meurtrier. Il avait avoué. Elle ne pouvait plus rien faire, sachant que même si elle parvenait à le tuer cela ne lui ramènerait pas son père. Et puis non ! Elle n'était pas une criminelle, elle ! Elle n'allait pas s'abaisser à son niveau !

Elle était dans le canapé, à ressasser tout ce qu'elle avait appris quand soudain son téléphone sonna ; elle alla décrocher. C'était Rémi. Ce dernier était en pleurs.

— Je suis désolé, sanglota ce dernier.

— Désolé de quoi ? demanda Jade d'une voix douce.

— Pour ton père…

— Tu n'as pas à être désolé Rémi. Ce n'est pas toi qui l'as tué.

— Oui, mais je m'en veux tellement que ce soit mon père qui l'ait tué !

— Rémi, commença Jade. Écoute-moi. Tu n'as absolument rien fait. Il ne faut pas que tu te sentes coupable pour quelque chose que tu n'as pas commis ! C'est ton père qui devrait s'en vouloir. Pas toi.

— Justement ! C'est mon père et je me sens responsable de ce qui t'es arrivée !

Jade ne savait plus quoi dire de plus pour réconforter son cousin. Il y eut un silence au bout du fil. Puis finalement Rémi demanda :

— Jade, je peux passer la nuit chez toi ? S'il te plaît ! Je me sens tellement mal ! Je ne veux pas rester seul. Pas cette nuit !

Jade hésita. Mais d'un autre côté, elle n'avait aucune raison de refuser. Antonin ne s'était plus manifesté. Il ne viendrait pas aujourd'hui. Et son cousin allait vraiment mal. Et, pour une nuit, ce n'était pas la mer à boire ! Elle pouvait bien faire ça pour lui.

— Allez, viens ! lui dit-elle. Je pense qu'il ne faut pas que tu restes seul !

— Merci, couz ! Je viendrais vers vingt heures, que t'aies le temps de dîner tranquillement.

— À ce soir, Rémi ! Et merci !

Puis Jade raccrocha. Elle n'était pas fâchée que son cousin vienne. Comme ça, elle ne serait pas seule ce soir. Ils pourraient discuter des bons moments qu'ils avaient connus ensemble. Ça leur changerait les idées.

Étant donné que son cousin venait, Jade décida de faire un peu de rangement. Elle remit la table basse du salon en place, jeta les paquets de chips qui traînaient dessus et rangea le carnet de son père là où elle l'avait trouvée. Elle ignorait si la police avait dit à Simon que c'était elle qui l'avait dénoncé — Jade en doutait —, mais quoi qu'il en soit, elle ne voulait pas que son cousin remarque qu'elle avait mené son enquête. Quand elle eut tout rangé, elle ne sût que faire. Elle avait hâte qu'il vienne. Elle pensa même à lui téléphoner pour lui proposer de dîner avec elle, mais se retint. Qui sait ce que risquait de penser Rémi ? L'épisode où il l'avait touché lui revint en mémoire. Il était quand même difficile de lui pardonner, elle avait vraiment été choquée, mais elle décida de faire table rase du passé. Elle était sûre qu'il ne ferait pas cette erreur une seconde fois. Sans doute avait-il compris qu'il avait dépassé les limites. Elle se tiendrait un peu à distance de lui.

À dix-neuf heures trente, Jade se prépara un hot-dog surgelé qu'il suffisait de réchauffer. Elle avait demandé à Murielle d'en acheter quelques-uns en faisant les courses. Bien sûr, Jade savait cuisiner, mais elle n'avait pas envie de faire quoi que ce soit ce soir. Si elle était restée toute seule, elle se serait sans doute faite une soirée DVD. Mais son cousin devait venir donc c'était différent ; à huit heures moins dix, elle tournait comme un lion en cage en attendant Rémi. Finalement ce dernier sonna à la porte. Jade s'empressa d'aller lui ouvrir et l'accueillit avec un grand sourire. Ils se firent la bise et Jade invita Rémi à entrer. Ce dernier alla s'asseoir sur un fauteuil. Jade regarda le visage de son cousin ; ce dernier ne semblait plus triste du tout ! La soirée pouvait commencer ! Elle leur ferait du bien à tous deux.

VINGT-CINQ

Jade resta debout et demanda à Rémi :

— Je n'ai pas de bières, mais un soda te conviendrait-il ?

— Pas de problèmes pour un soda !

Jade revint de la cuisine quelques minutes plus tard avec deux sodas à la main. Elle tendit une des canettes à son cousin. Avant de s'asseoir à son tour, elle posa son téléphone portable sur la table basse, à portée de main, au cas où quelqu'un l'appellerait. Puis elle prit place dans un fauteuil face à son cousin. Pendant un moment ils ne se dirent rien, contentant de se regarder. Cela les fit rire.

— Ah oui ! Avant que j'oublie ! dit soudain Rémi.

Il sortit de sa poche un petit écrin noir qu'il tendit à Jade.

— Tiens, un cadeau, pour toi.

— Oh, en quel honneur ? demanda Jade.

— Pour m'excuser pour la dernière fois. Et aussi pour te dire que je suis désolé que mon père ait tué Victor.

— Tu n'as rien à te reprocher, tu sais, murmura Jade.

— C'est quand même mon père ! J'aurais dû savoir qu'il avait fait quelque chose de mal ! Allez, ouvre le coffret ! Dis-moi si ça te plaît !

Jade obéit. À l'intérieur du petit écrin se trouvait une chaîne avec, en pendentif, un cœur en or blanc orné d'une pierre noire en son centre.

— C'est très beau, répondit Jade en admirant le bijou. Antonin va sûrement être jaloux si je le porte.

— C'est qui Antonin ? demanda Rémi.

— Ah oui, c'est vrai ! C'est mon petit copain ! Je ne t'avais pas dit son prénom la première fois que je t'en ai parlé.

— Allez ! Mets-le ! Tu veux que je te le passe ?

— Oui, je veux bien !

Rémi se leva, prit le collier et le passa autour du cou de Jade. Celle-ci mit ses cheveux longs sur le côté pour que Rémi puisse actionner le fermoir. Puis il retourna vers le canapé et regarda sa cousine.

— Tu es belle comme un cœur ! Et en plus, tu as des cheveux magnifiques !

— Merci dit celle-ci en baissant les yeux et rougissant légèrement. Mais c'est à ta copine que tu devrais dire des choses pareilles et offrir des bijoux.

— Oh, ma copine ! Je n'en ai pas en ce moment.

— Ah...

Un silence gêné s'installa. Jade ne savait pas si, en motionnant une copine qui n'existait pas, elle avait froissé Rémi. Mais ce dernier ne semblait pas fâché. Jade se détendit un peu. Puis, comme le silence s'éternisait, elle demanda à son cousin :

— Tu veux parler de quelque chose en particulier ?

Mais son cousin ne répondit pas et continuait à regarder sa cousine tout en la dévorant des yeux, comme si elle était un pain au chocolat. Elle n'aimait pas ce regard.

— Oh oh ! Rémi ! Je te parle !

— Euh oui ? demanda ce dernier. Tu disais quoi ?

— Qu'est-ce que tu regardais comme ça ?

— Toi ! Tu es magnifique ! Mais tu disais quoi ?

Jade fut désarçonnée par la réponse de son cousin. Mais elle décida de passer outre et reposa sa question initiale :

— Tu veux parler d'un truc en particulier ?

— Heu, je ne sais pas. Et toi ?

— Qu'y a-t-il dans le sac qui est avec toi ? voulut-elle savoir.

— Mon pyjama, bien sûr. À ce propos, je dors avec toi ?

— Même pas en rêve ! murmura-t-elle.

— Pardon ?

— Non, je disais que tu dormirais sur le canapé. Il peut se déplier en lit.

— Ah…

Qu'est-ce que Rémi s'imaginait ? Qu'il allait dormir avec sa cousine ? Ils auraient eu cinq ou six ans peut-être, d'accord, mais là ils étaient tous les deux des adultes, cela aurait gêné la jeune femme de partager son lit avec son cousin ! Il fallait d'ailleurs qu'elle lui parle pour l'empêcher de s'installer ici ! Alors qu'elle commençait à ouvrir la bouche, son cousin lui demanda :

— Je peux utiliser ta salle de bain ? J'ai besoin de me laver les mains !

— Oui, bien sûr. Tu sais où c'est.

En attendant que Rémi revienne, elle remarqua qu'un vêtement dépassait du sac de son cousin. Elle choisit de le remettre en place, mais, quand elle l'ouvrit, elle trouva un t-shirt ensanglanté ; puis un autre ! Et encore un autre !

— Non ! s'écria-t-elle. Ce n'est pas possible !

C'étaient des t-shirts de femmes tâchés de sang ! C'était donc lui qui tuait et mutilait les étudiantes. Son cousin aussi était un meurtrier ! La tête lui tourna un instant. Sa vision devint floue. Elle dut se rasseoir avant de regarder à nouveau dans le sac, n'étant pas sûre de ce qu'elle avait vu. Oui, il y avait bien des t-shirts pleins de sang ; son cousin devait les garder comme trophée ! Elle entendit ce dernier revenir en trombe en lui disant :

— Qu'y a-t-il ? Je t'ai entendu crier…

Puis voyant que sa cousine était bouche bée devant son sac, suivant son regard, il comprit. Il s'avança doucement vers elle en lui disant :

— Je vais t'expliquer…

Tout en s'approchant imperceptiblement de sa cousine, il lui dit :

— Je t'aime Jade ! Et tu seras ma dernière victime. Et je boirais ton sang, tellement je t'aime !

Sa cousine resta pétrifiée sous le choc de ce qu'il venait de lui dire ; ainsi elle avait vu juste ! Son cousin, le seul membre de sa famille à qui elle faisait encore confiance était, lui aussi, un assassin. Elle était trop sonnée par cette révélation pour bouger. Mais quand elle voulut fuir, ce fut trop tard. Son cousin, tel un félin, lui avait bondi dessus. Il se mit à crier :

— Les femmes sont toutes les mêmes ! Une fois qu'elles ont baisé leur mec, elles racontent tout à leurs copines ! Principalement des mensonges ! Alors, il fallait bien que je réduise les miennes au silence ! En les tuants !

Il força Jade à mettre ses mains au-dessus de la tête et le maintien comme ça avec une main tandis que de l'autre, il essayait de déboutonner le pantalon de la jeune femme pour la violer. Elle se tortillait en tous sens, mais son cousin avait le dessus. Finalement, elle donna un coup de genou dans l'entrejambe de son cousin. Ce dernier roula sur le sol, plié en deux. Jade en profita pour fuir et s'enferma dans la salle de bain. Là, elle fouilla dans ses poches et, stupeurs ! Son téléphone portable n'y était pas ! Elle l'avait oublié sur la table du salon ! Elle n'avait aucun moyen d'appeler de l'aide.

— Salope ! cria son cousin. Ça, tu vas me le payer !

Elle vit que ce dernier actionnait la poignée, mais Jade avait tiré le verrou.

— Sors d'ici Jade, ou j'enfonce la porte !

Jade ne répondit pas ; elle réfléchit : son cousin était plus fort qu'elle, au combat au corps à corps, il aurait sûrement le dessus. Elle fit le tour de la salle de bain des yeux, cherchant quelque chose qui pourrait lui servir d'arme, mais ne vit rien. Quant à la fenêtre, elle était trop petite pour tente de fuir par là.

— Salope ! Tu vas ouvrir ? vociféra son cousin en tentant vainement d'ouvrir la porte.

Soudain, on sonna à la porte. Sauvé ! Quelqu'un était venu et allait la tirer de là. Rémi alla ouvrir. Elle entendit la voix d'Antonin qui disait :

— Bonsoir. Est-ce que Jade est là ?

— Non ! répondit son cousin. Elle est sortie.

— Antonin ! cria Jade. Aide-moi ! Il va me tuer ! Aide-moi !

Rémi referma la porte au nez d'Antonin.

— À nous deux, salope ! cria-t-il.

Il se précipita contre la porte, mais celle-ci tint bon. Deuxième assaut. La porte ne bougea pas. Mais Jade n'avait aucune issue. Tôt ou tard, son cousin finirait pas entrer. Elle se recroquevilla contre la baignoire et se mit à sangloter. Ainsi, ce soir, elle allait rejoindre son père. N'était-ce pas mieux, après tout ? Elle resta là, assise, tandis que Rémi continuait à taper sur la porte. Il avait arrêté de la défoncer et essayait de la casser avec une batte qu'il avait trouvée ; mais la porte tenait bon.

— Je te préviens, Jade ! cria-t-il. Je vais te mutiler avant de t'égorger si tu n'ouvres pas. Ce sera très douloureux !

Mais voyant que la porte ne cédait toujours pas Rémi commença à s'énerver tapant plus fort contre la porte. Mais rien à faire, elle ne cédait pas. Cependant, il avait tout son temps. Il savait que sa cousine n'avait aucun moyen d'appeler à l'aide. Mais il décida de changer de technique ; il alla chercher un marteau et entreprit de faire un trou près de la serrure afin qu'il puisse y passer la main pour déverrouiller la porte de l'intérieur.

— Tu vas voir ce que je te réserve ! dit Rémi avec un sourire en tapant sur la porte.

Petit à petit, un trou commençait à apparaître. Jade avait les yeux agrandis par la terreur. Le trou devenait de plus en plus grand ! Bientôt, Rémi pourrait y passer la main ; et seul Dieu savait ce qu'il lui ferait subir ! Rémi frappait sur la porte, le trou s'agrandissait inexorablement…

— Tu vas voir, dit Rémi. Tu vas voir !

Jade commençait à avoir la nausée. Ses yeux se brouillaient de larmes. Elle était sur le point de perdre connaissance.

— J'arrive, papa, murmura-t-elle.

Mais non ! Son père n'aurait pas voulu qu'elle se laisse tuer ! Elle devait vivre ! C'était ce qu'aurait voulu Victor. Elle l'avait vengé, mais ce n'était pas une raison pour abandonner. Elle était une battante ! Jade se releva, prête à défendre sa vie, à se battre contre son cousin ! Elle ne mourrait pas sans se défendre ! Elle ne se berçait pas d'illusions, son cousin aurait sans soute le dessus, mais elle aurait au moins essayé de s'en sortir ! Elle ne se laisserait pas faire ! Si elle devait mourir, que ce soit en se battant !

Le trou était désormais assez large pour que Rémi y passe la main. Jade banda ses muscles ; elle allait devoir se battre !

Soudain un cri résonna derrière Rémi :

— Plus un geste !

Ce dernier se retourna et vit Richard Colt qui le tenait en joue avec son arme. Rémi poussa un cri de rage et se précipita sur le lieutenant, le marteau lever au-dessus de sa tête dans l'intention de le tuer. Richard lui tira en plein cœur. Le corps tomba contre le sol en faisant un bruit mat.

Colt prit sa radio et dit :

— Appelez une ambulance, nous avons un blessé.

Puis il cria :

— Mademoiselle Niourk ? Ça va ? Vous êtes blessée ?

Jade sortit de la salle de bain ; elle vit le corps de son cousin, à terre, une auréole de sang se formant autour de lui, sur le parquet du salon… Le cauchemar était terminé…

— Comment saviez-vous que… commença Jade.

Soudain, elle se rappela ! Antonin ! Ce dernier l'avait sans doute entendu crier et avait prévenu la police : elle se remit à sangloter. Puis elle leva les yeux…

VINGT-SIX

Antonin se tenait dans un angle du mur du salon, en arrière du policier. Il regardait d'un air désolé le corps de Rémi. Quand Jade l'aperçut, elle courut se blottir dans ses bras et l'embrassa.

— Je t'ai entendu crier Jade ! J'ai directement averti la police !

— Et je t'en remercierai jamais assez ! Tu m'as sauvé la vie !

Elle l'embrassa à nouveau. Puis elle se tourna vers Colt.

— Est-ce qu'il est... commença-t-elle.

— J'ai bien peur que oui, dit Richard. Ma balle l'a tué sur le coup...

Jade ne sût si elle devait éprouver de la peine ou du soulagement. Son cousin, un membre de sa famille, avait quand même essayé de la supprimer ! Au loin, la sirène d'une ambulance venant dans leur direction se fit entendre. Quelques minutes plus tard arrivèrent deux ambulanciers. Ils constatèrent le décès par balles et emportèrent le corps.

— Que va-t-il vous arriver, étant donné que vous avez tué un homme ? demanda Jade à Richard Colt.

— C'était de la légitime défense. Je ne risque pas grand-chose, techniquement.

— Si cela peut vous aider, il y a des preuves dans le sac que c'était lui le meurtrier des étudiantes. Il me l'a aussi avoué. Mais comme il est mort…

— Avez-vous une idée de son mobile ? demanda-t-il.

— À cause d'un problème dans son adolescence ; il ne faisait plus confiance aux filles. C'est ce que j'ai compris…

— Quel problème ?

— Je l'ignore, mentit Jade.

Mais Antonin comprit immédiatement que la jeune femme mentait. Cependant, il ne dit rien.

— Ça n'explique pas pourquoi il les mutilait. Il doit y avoir autre chose. Comme une vengeance par exemple. Et le fait que toutes les filles portaient le même bijou… fit Colt.

Soudain, Jade pensa au pendentif que son cousin lui avait offert et qu'elle portait en ce moment autour du cou !

— C'était celui-là ? demanda-t-elle au policier en lui montrant son médaillon.

— Oui.

Elle s'empressa d'enlever le collier et le jeta à terre. C'est là qu'elle le reconnut. Elle avait déjà vu ce collier auparavant. Elle frissonna à l'idée de savoir que toutes les victimes portaient le même ; ainsi, son cousin avait projeté de la tuer dès qu'il lui avait offert ce bijou ! Avant même de venir ici ! Elle se mit à sangloter doucement, comprenant qu'elle avait échappé à une mort certaine. Elle se laissa tombe au sol. Et Antonin la soutint.

— Mademoiselle Niourk, dit Colt. Un psychologue est en route. Je pense que ce serait bien que vous lui parliez.

Jade secoua la tête affirmativement. Elle avait vécu tellement de choses ces derniers jours, découverte tant de choses qui remettait en question toutes ses croyances, toutes ses certitudes, qu'elle avait besoin de parler à quelqu'un. Un psychologue était peut-être la bonne personne ! Ce dernier l'attendait près de l'ambulance. Antonin accompagna sa compagne jusqu'à lui puis s'éloigna pour les laisser discuter seul.

— Votre amie a eu beaucoup de chances que vous nous ayez avertit ! dit Colt

— S'il lui était arrivé quelque chose, je ne m'en serais jamais remis ! répondit Antonin.

— Vous devriez peut-être reste avec elle quelque temps ? Cette pauvre fille a perdu toute sa famille. Ses parents, son oncle et maintenant son cousin.

— C'est ce que je compte faire. Rester avec elle le plus longtemps possible.

— Soyez patient avec elle. Les derniers jours n'ont pas été faciles. Et particulièrement cette nuit !

— Ne vous inquiétez pas.

— Bon, je vais rentrer au poste. Dites à mademoiselle Niourk que je l'attends au commissariat demain, pour qu'elle fasse sa déposition. Pauvre fille ! termina Colt en retournant vers sa voiture de fonction.

Une demi-heure plus tard, tout le monde était reparti. Jade et Antonin étaient ensemble sur le canapé. Le garçon était assis et la jeune femme allongée, la tête sur les genoux de celui-ci. Il lui caressait les cheveux en lui murmurant :

— Dors sans crainte Jade. Je suis là ! Il ne peut plus rien t'arriver !

— Je… j'ai besoin de parler, dit-elle.

— Eh bien parle, je t'écoute.

Elle se redressa et regarda Antonin dans les yeux.

— Tu me promets de ne répéter à personne ce que je compte te révéler ?

— Motus et bouche cousue !

— Je sais pourquoi mon cousin mutilait ses victimes. Le lieutenant Colt à raison, c'est une vengeance.

— Je me disais bien que tu en savais plus que tu ne voulais bien le dire…

— En fait, ça m'est revenu quand j'ai vu le collier. Ce n'était pas la première fois que je le voyais. Et je me rappelle où maintenant ! J'ai tout compris !

— Peut-être vaudrait-il mieux raconter tout cela à la police ?

— Mon oncle leur dira sûrement, car lui aussi connaît cette histoire. Mais je veux que tu sois le premier à le savoir ! Je crois que je comprends un peu Rémi. Et j'aimerais que tu le comprennes aussi !

— Tu défends ton cousin et je comprends. Mais ce qu'il a fait n'est pas pardonnable pour moi. Tuer de gens c'est...

— Horrible, je sais. Mais laisse-moi au moins t'expliquer pourquoi, à mon avis, il était comme ça... Tu comprendras mieux...

Jade s'assit sur le fauteuil et commença son récit à Antonin. Celui-ci lui prêta toute son attention, acceptant, pour elle, d'essayer de comprendre le cousin de Jade...

VINGT-SEPT

Jade s'humecta les lèvres avant de commencer :

— Quand Rémi était adolescent, et qu'il allait encore au lycée, il était secrètement amoureux d'une fille qui s'appelait Yacinthe. Il en était dingue ! Et, celle-ci sembla s'en apercevoir, car elle vint lui parler et lui demanda s'il n'était pas intéressé pour l'inviter au restaurant ; elle lui dit qu'elle souhaitait mieux le connaître et lui fixa un rendez-vous vers huit heures et demie du soir dans un restaurant.

Jade fit une pause avant de reprendre, laissant le temps à Antonin d'assimiler toutes les informations qu'elle lui donnait :

— Rémi était aux anges. Il alla jusqu'à emprunter de l'argent à son père pour acheter un cadeau qu'il comptait offrir à Yacinthe. Il s'agissait du même médaillon qu'il m'a offert ce soir.

— Mais pourquoi l'as-tu accepté ? demanda Antonin.

— Sut le coup, je ne l'ai pas reconnu. Ce n'est qu'après l'avoir enlevé et jeté au sol que cela m'est revenu ! Enfin, quoi qu'il en soit, il s'est rendu au restaurant en avance, à vingt heures et c'est installé à une table. À vingt heures trente, elle n'était toujours pas là. Il se dit qu'elle devait avoir un peu de retard. Mais à vingt-deux heures, n'étant toujours pas là, il comprit que cette dernière lui avait posé un lapin. Il se retrouvait là, comme un con, avec son cadeau…

— Cela a dû être dur pour lui.

— Énormément. Il est rentré chez lui et a pleuré toute la nuit. Mais les choses ne s'arrêtèrent pas là ! Le lendemain, Yacinthe et ses copines pouffèrent de rire en le voyant ; et pour l'humilier encore plus, certaines de ses copines lui demandèrent s'il connaissait un restaurant où elles pourraient manger tranquillement et seule !

— C'est vraiment cruel, dit Antonin. Mais je ne sais pas si cela pardonne ses crimes...

— Je ne sais pas, mais je pense que je le comprends. Je pense qu'il offrait ce collier à ses victimes pour qu'elle lui rappelle Yacinthe et les tuait et mutilait pour se venge de l'affront qu'elle lui avait fait. Mais il y avait aussi une autre raison pour laquelle il les tuait.

— Laquelle ?

— Quand il m'a attaqué, il m'a dit que les filles, après avoir eu une relation sexuelle, racontaient tout à leurs copines et souvent des mensonges. Il fallait donc qu'il les fasse taire. Que cela n'arrive pas ! Pas à lui !

— Mais pourquoi t'a-t-il attaqué toi, sa cousine ?

— Il m'a dit qu'il était amoureux de moi...

— Et tu le crois ?

— Je ne sais pas. Mais je le comprends...

— Tu lui pardonnes ?

Jade hésita un instant ; pouvait-elle pardonner à quelqu'un qui avait tenté de la tuer ? Pardonner que son cousin voulait la supprimer et la mutiler ? Qu'il ait juste tenté de la violer, peut-être aurait-elle pu ? Jade pardonnait très facilement. Trop ? Comme son père le disait, elle était trop naïve et pardonnait trop vite et trop facilement. Qu'un jour, sa naïveté lui jouerait des tours ! Non, elle ne pouvait pas excuser quelqu'un qui avait tenté de la tuer ! Même si c'était son cousin et qu'elle le comprenait !

— Non, dit-elle, je ne lui pardonne pas !

— Et ton oncle ?

Là aussi, elle ne répondit pas tout de suite. Simon lui avait volé toutes les années qu'elle aurait dû passer avec son père et sa mère. Elle qui ne croyait pas à la rivalité entre frères, qui pensait qu'il n'y avait jamais eu de conflits entre ces deux frères, remarqua que son oncle, non seulement craignait que Victor ne le démasque, mais en plus le jalousait d'avoir épouser Lucie, dont il était tombé amoureux. Dans sa tête lui revinrent toutes les histoires des frères ennemis : Caïn et Abel dans la bible, Loki et Balder chez les vikings. Il y avait bien eu un conflit entre eux ! Non, là non plus, elle ne pouvait pardonner à cet homme !

— Non ! dit-elle. Lui non plus !

Jade avait changé ; elle qui avait besoin d'aimer, ne pardonnait plus aussi facilement qu'avant. Était-elle devenue moins naïve ? Plus dure ? Elle l'ignorait, mais cela lui importait peu. Les assassins avaient payé pour leurs crimes ; son oncle était en prison, quant à son cousin, mort. Cependant, elle ne ressentait pas de peine. Pas encore en tout cas. Peut-être était-elle encore trop sous le choc pour réaliser ? Peut-être aurait-elle de la peine plus tard ? Mais pouvait-on avoir de la peine envers quelqu'un qui avait essayé de vous tuer ? Et le plus important, Antonin était là, avec elle ! Elle ne voulait pas qu'il parte ce soir ; elle n'arriverait sûrement pas à dormir ! Avec lui, elle se sentait apaisée, en sécurité, sereine. S'il partait maintenant, elle ignorait dans quel état elle se retrouverait demain ! Elle avait encore besoin de parler, de discuter, de dire tout ce qu'elle avait sur le cœur et en ce moment, elle ne pouvait dire cela qu'à Antonin. Elle hésita un instant à lui dire qu'elle avait décidé de suivre une thérapie. Mais elle l'aimait, il avait le droit de savoir. Elle ne voulait qu'il n'y ait aucun secret entre eux, seulement une confiance totale.

— J'ai décidé de suivre une thérapie avec un psychologue. Au moins quelque temps, lui avoua-t-elle.

— Oui, je pense que tu en as besoin. Après tout ce qui t'est arrivé, tu dois être un peu chamboulée !

Jade fut heureuse de la réaction d'Antonin. Car, pour le commun des mortels, c'étaient les fous, les dérangés qui allaient voir un psy ! Qu'il comprenne qu'elle en avait besoin, elle aussi, pour surmonter la traumatisme qu'elle avait vécu, la rassura. La jeune femme savait également qu'Antonin la soutiendrait en cas de problèmes. Ce mec était adorable ! Elle se tut un instant avant de lui demander, d'une petite voix :

— Euh, Antonin, accepterais-tu de dormir chez moi, ce soir ? J'ai un peu peur…

— En fait, Jade, je pensais à toute autre chose ! Un truc qui pourrait te plaire…

— Je t'écoute… fit-elle, intriguée

Ils se regardèrent longuement dans les yeux Jade compris instantanément ce que le garçon allait lui proposer : de s'installer ensemble…

EPILOGUE

Jade s'assit à la table en formica blanc dans la cuisine et regarda autour d'elle. Elle avait vendu la maison de son père et s'était installée, avec Antonin, dans un petit appartement près de la fac. Les cours avaient repris et le garçon était absent. Jade n'avait pas de cours cet après-midi et avait prévu de défaire les cartons où se trouvaient leurs affaires. Mais il y en avait tellement ! Son père avait été inhumé dans le cimetière de Marseille. Quant à Rémi, ce dernier avait été incinéré et ses cendres dispersées dans un jardin des souvenirs. C'était Jade qui avait décidé ça, disant qu'elle n'irait jamais sur sa tombe, qu'elle ne pourrait jamais lui pardonner et son oncle n'avait fait aucune objection. Alors qu'elle se décidait à ouvrir un carton qui traînait dans le salon, son téléphone sonna. C'était Floriane. Elle répondit immédiatement :

— Salut Flo !

— Salut Jadoue ! Alors, comment se passe ton emménagement ?

— Je n'en vois pas la fin ! Il y a encore tant de cartons à déballer ; et avec les cours, ça n'avance pas !

— J'espère que tu as déjà déballé quelques tasses ! J'ai pas cours et je m'ennuie toute seule. Mickey a cours en ce moment ! Et je n'ai pas encore vu ton nouveau chez-toi…

— N'hésite pas à passer, Flo ! J'ai bien de quoi t'offrir un verre chez moi.

— Vrai ? Je peux venir ?

— Allez, je t'attends !

Puis Jade raccrocha ; elle était heureuse de voir son amie, car cela faisait un moment qu'elle ne s'était plus revue. Plus depuis la dernière fois où elles avaient fait la tournée des bars avec les garçons, à la mort de son père.

Jade, en attendant son amie, s'assit et réfléchit. Si elle avait bien appris une chose, c'était qu'on ne connaissait jamais vraiment les gens autant qu'on le pensait : même quand il s'agissait des membres de sa famille ! Elle pensait à son oncle et son cousin, bien sûr, dont elle ignorait qu'ils étaient des assassins, mais aussi à sa mère ; elle la connaissait et pourtant avait longtemps ignoré la véritable nature de sa mort ! De petites larmes jaillirent aux coins de ses yeux ; elle les balaya d'un revers de la main. Ce n'était pas le moment de se laisser aller à la mélancolie. Floriane n'allait pas tarder à arriver.

Celle-ci ne pourrait cependant, pas rester longtemps. En effet, Jade avait rendez-vous avec son psy à quatre heures et demie ; elle n'avait toujours pas osé dire à Floriane qu'elle voyait un psy, craignant sa réaction. Et elle ne lui avait parlé que très vaguement de l'agression de son cousin ; elle ne voulait pas entrer dans les détails. Pas avec elle. Floriane était son amie et un ami est fait pour passer de bons moments. Pas pour ressasser de douloureux souvenirs ! Et puis,

Flo n'hésitait pas à raconter des histoires aux autres. Ce n'était pas une personne à qui l'on pouvait confier ses secrets !

Antonin et Jade parlaient encore, parfois, de ce qui s'était passé ce soir-là, notamment quand Jade en avait besoin et qu'elle n'était pas chez son psy, et son compagnon l'écoutait attentivement. Elle craignait que ses angoisses ne lassent un jour Antonin et que ce dernier ne la quitte. Aussi, à chaque fois qu'elle en parlait, elle se promettait, en silence, que ce serait la dernière fois. Mais le traumatisme était trop fort. Cependant, cela s'arrangeait petit à petit avec le temps. Au début, elle faisait des cauchemars toutes les nuits, qui commencèrent finalement à s'estomper pour disparaître et réapparaître que très rarement. Le travail avec son psy commençait à porter ses fruits ! Elle était obligée de prendre des anxiolytiques pour dormir, mais son médecin lui avait assuré qu'un jour, elle n'en aurait plus besoin ! La vie reprenait peu à peu son cours, avec ses joies et ses bonnes surprises. Et la jeune femme reprenait peu à peu goût à celle-ci !

Jade était particulièrement impatiente d'être aux vacances d'hiver. C'était les premières vacances qu'elle allait passer loin de chez elle, seule avec son copain ! Et ce dernier avait prévu de louer un chalet avec elle en Savoie et de lui apprendre à skier ! Jade n'avait jamais skié. Ce serait la première fois pour elle. Et quoi de mieux d'avoir son petit ami comme prof particulier ? Elle pensait aussi aux restaurants savoyards et aux soirées qu'ils passeraient bien au chaud, emmitouflé dans leurs couvertures à l'intérieur du chalet près d'un feu de bois. Cela faisait un peu clicher mais Jade trouvait cela plutôt romantique. Et elle aimait le romantisme ! Tout cela la faisait rêver. Elle se souvint des longues vacances qu'elle passait parfois à l'étranger quand sa mère était encore vivante. Des douces soirées d'été où elle parlait avec sa mère devant le soleil couchant. Et tout cela s'était brutalement arrêté à la mort de celle-ci ! Oui, son oncle lui avait volé des tas de possibles bons moments. Jamais elle ne pourrait lui pardonner ! En son for intérieur, Jade avait l'impression d'être devenue moins naïve, plus difficile à pardonner aux autres. Ce qu'elle avait vécu l'avait profondément changée. Elle avait aussi une autre vision de la vie, comprenant que celle-ci était précieuse et fragile ; c'était un don qu'il fallait à tout prix préservé !

Jade fut tirée de ses pensées par la sonnette qui retentit. Floriane était là. Elle s'empressa de lui ouvrir. Sa jeune amie entra timidement dans l'appartement.

— Wouah ! fit-elle en voyant le nouvel appartement de Jade et son copain. Tu appelles ça petit !

En effet, Jade avait raconté à son ami, par téléphone, qu'elle avait déménagé pour prendre un petit appartement avec Antonin. Mais Floriane n'avait pas vu le lieu jusqu'à aujourd'hui. La jeune femme regarda le petit hall menant au salon dans lequel elle se trouvait.

— C'est beaucoup moins grand que chez mon père ! Mais il me faut aussi de la place pour toutes mes affaires ! plaisanta Jade. Ça me fait du bien de te voir !

Elle invita cette dernière à s'asseoir au salon où était installé un canapé. Jade lui proposa quelque chose à boire avant de s'asseoir à côté d'elle. Elles gardèrent le silence un petit moment, savourant leurs boissons. Puis elles commencèrent à discuter de choses et d'autres. Des discussions de filles. Une nouvelle vie commençait pour une nouvelle Jade, plus réaliste, moins naïve ! Plus dur à obtenir son pardon aussi ! Mais qui avait toujours autant besoin d'aimer ! Une nouvelle Jade pas si différente de la précédente. Mais aussi radicalement transformée ! Une vie qui démarrait sous les meilleures auspices…

FIN

A PROPOS DE L'AUTEUR

Mathias Lanuit est né le 16 février 1980 en Allemagne. En 1994, il part vivre 4 ans en Afrique au Sénégal.

Attiré très tôt par la lecture puis l'écriture, il commence à écrire des histoires à huit ans et à douze ans des scénarios qu'il met en scènes avec des amis. En 2009, il décide de se consacrer entièrement à l'écriture de romans et nouvelles. Il adore écrire des histoires dans le genre fantastique ou policier.

Site web de l'auteur :
http://www.mathias-lanuit.com